이 작은 책은 언제나 나보다 크다

이 작은 책은 언제나 나보다 크다

줌파 라히리

이승수 옮김

마음산책

옮긴이 이승수

한국외국어대학교 이탈리아어학과를 졸업하고, 같은 대학교에서 비교문학 박사
학위를 받았다. 한국외국어대학교 이탈리아어통번역학과에서 강의하고 있다.
『로마 이야기』『내가 있는 곳』『책이 입은 옷』『다뉴브』『페레이라가 주장하다』
『폭력적인 삶』『넌 동물이야, 비스코비츠!』 등을 우리말로 옮겼다.

이 작은 책은 언제나 나보다 크다

1판 1쇄 발행 2015년 9월 15일
1판 11쇄 발행 2023년 12월 10일

지은이 | 줌파 라히리
옮긴이 | 이승수
펴낸이 | 정은숙
펴낸곳 | 마음산책

등록 | 2000년 7월 28일(제2000-000237호)
주소 | (우 04043) 서울시 마포구 잔다리로3안길 20
전화 | 대표 362-1452 편집 362-1451   팩스 | 362-1455
홈페이지 | www.maumsan.com
블로그 | blog.naver.com/maumsanchaek
트위터 | twitter.com/maumsanchaek
페이스북 | facebook.com/maumsan
인스타그램 | instagram.com/maumsanchaek
전자우편 | maum@maumsan.com

ISBN 978-89-6090-238-1 03880

* 책값은 뒤표지에 있습니다.

나는 다른 언어가 필요했다.
정감 있고 성찰이 담긴 언어를 원했다.

안토니오 타부키

·

파올라 바시리코,
안젤로 데 제나로,
알리체 페레티에게

차 례

이 조합, 이 어휘 방정식은
내가 이탈리아어에 대해 시도한
사랑의 은유라고 볼 수 있다.

건너기

난 작은 호수를 건너고 싶다. 정말 조그만 호수지만 건너편 호숫가가 내겐 너무나 아득하고 아무래도 이 호수를 건넌다는 게 내 능력 밖인 것 같다. 호수 가운데 수심은 아주 깊을 것이다. 난 수영을 할 줄 알지만 아무런 도움 없이 혼자 물속에 뛰어들기는 겁이 난다.

내가 말하는 호수는 외떨어진 한적한 곳에 있다. 호수에 가려면 조금 걸어서 고요한 숲을 지나가야 한다. 건너편 호숫가에 오두막 한 채가 있다. 호숫가에 있는 유일한 집이다. 호수는 수천 년 전 마지막 빙하작용이 일어난 직후 형성됐다. 물은 깨끗하지만 검푸르고 흐름이 없으며 소금기가 적다. 호수 기슭에서 몇 미터만 들어가도 물속이 보이지 않는다.

아침이면 나처럼 호수에 오는 사람들이 보인다. 나는 사람들이 편안한 듯 유유히 호수를 건너고는 오두막집 앞에 몇 분간 머물다가 돌아오는 모습을 본다. 그들이 팔을 몇 번이나 휘젓는지 세어본다. 난 그 사람들이 부럽다.

난 한 달 동안 호수 안으로 들어가지 못한 채 호수 가장자리만 빙 둘러 헤엄쳤다. 지름에 비해 둘레가 훨씬 긴 이 호수를 한 바퀴 돌자면 30분 이상 걸린다. 하지만 나는 늘 호수 기슭 가장자리에서 수영을 할 뿐이다. 수영하다가 피곤하면 헤엄을 멈추고 일어설 수 있다. 연습하기에는 좋지만 그리 흥이 나지는 않는다.

그러다가 여름이 끝나가는 어느 날 아침 나는 두 친구와 호수에서 만났다. 친구들과 호수 건너편 오두막에 가보기로 마음먹었다. 홀로 호수를 빙 둘러 헤엄치는 일도 지쳤으니까.

팔을 몇 번 휘저었는지 세어봤다. 물속에서 친구들은 내 곁에 있지만, 모두 혼자라는 것도 안다. 150번 정도 팔을 휘젓자 벌써 호수 한가운데, 가장 깊은 곳에 와 있다. 다시 100번 휘젓고 나니 호수 바닥이 보인다.

호수 건너편에 도착했다. 난 문제없이 해냈다. 지금껏 멀리서만 봤던 오두막이 몇 걸음 앞에 보인다. 저 멀리 남편과 내 아이들의 모습이 까마득하다. 도달할 수 없을 것 같았는데 그렇지 않다는 걸 알았다. 호수를 건너자 내가 알던 호숫가는 건너편이 된다. 이쪽이 저쪽이 된 것이다. 기운이 충만해져서 나는 다시 호수를 건넌다. 기쁨이 밀려온다.

지난 스무 해 동안 난 그 호수 기슭을 따라 헤엄쳤던 것처럼 이탈리아어를 공부했다. 늘 내 주된 언어인 영어 옆에 바싹 붙어서 말이다. 언제나 이탈리아어 기슭을 맴돌기만 했다. 연습은 많이 됐다. 근육을 키우고 두뇌를 회전하는 데는 도움이 되었으니. 하지만 분명 감흥은 없었다. 이런 방법으로 외국어를 공부하면 그 언어에 빠질 수가 없다. 또 다른 언어가 늘 옆에서 받쳐주고 구해주기 때문이다. 하지만 물 깊숙이 들어가서 빠지지 않고 떠 있는 것만으로는 충분하지 않다. 새로운 언어를 배우고 빠져들려면 기슭을 떠나야 한다. 구명대 없이. 뭍에서 팔을 몇 번 젓는지 세지만 말고 말이다.

숨어 있는 작은 호수를 건넌 지 몇 주 뒤 나는 두 번째로 물을 건넌다. 기나긴 여정이지만 전혀 힘들지 않은 횡

단이다. 그 건너기는 내 인생의 진정한 첫출발이 될 것이다. 이제 배를 타고 대서양을 건너 이탈리아에서의 삶을 향한다.

이 작은 책은 언제나 나보다 크다

사전

내가 구입한 첫 번째 이탈리아어 책은 영어 풀이가 들어간 포켓 사전이다. 1994년 나는 생애 처음으로 피렌체에 갈 계획을 세웠다. 그러곤 보스턴에 있는 '리촐리'란 이탈리아어 이름의 서점에 들렀다. 더할 나위 없이 세련되고 아름다운 서점이었다.

이탈리아는 난생처음인 데다 피렌체를 전혀 모르지만 여행 안내서를 사지는 않았다. 친구 덕분에 벌써 묵을 호텔 주소도 알아놓았다. 학생이라서 돈이 없었던 나는 그래도 사전이 가장 중요할 거라는 생각을 했다.

내가 선택한 사전의 겉표지는 찢어지지 않고 물에도 젖지 않는 녹색 비닐 재질이다. 가볍고 내 손바닥보다 더 작다. 세숫비누 크기만 한 사전이다. 뒷면에 이탈리아 단어 약 4천 개를 수록했다고 적혀 있다.

우피치 박물관의 한적한 갤러리를 돌아다니다가 여동생이 모자를 잃어버렸다는 사실을 알았을 때 난 그 사전을 펼쳤다. 영어 부분을 찾아서 이탈리아어로 모자가 어떤 단어인지 익혀뒀다. 분명 정확한 표현은 아니었겠지만 이러저러해서 난 우리가 모자를 잃어버렸다는 사실을 박물관 경비원에게 말했다. 놀랍게도 경비원이 내 말을 알아들었고 우린 금방 모자를 되찾았다.

그 이후로 오랫동안 이탈리아에 갈 때마다 이 사전을 지니고 다녔다. 난 사전을 늘 가방 안에 넣고 다닌다. 길을 찾을 때나 산책을 마치고 호텔로 돌아갈 때, 신문 기사를 읽으려 할 때면 단어들을 찾는다. 사전이 날 안내해주고 보호해주고 모든 걸 설명해준다.

사전은 지도이자 나침반이 된다. 사전이 없다면 길을 잃을지 모른다. 몹시도 든든한 부모 같아서 난 사전 없이 외출할 수가 없다. 사전이 마치 비밀과 계시를 담은 성서 같다는 생각이 든다.

사전 첫 장 한쪽 구석에 난 이렇게 썼다.

이 작은 책은 언제나 나보다 크다

"시도하다(provare a) = 노력하다(cercare di)"

이 조합, 이 어휘 방정식은 내가 이탈리아어에 대해 시도한 사랑의 은유라고 볼 수 있다. 결국 끈질긴 시도, 끊임없는 시험 이외에 다름 아니다.

사전을 처음 구입하고 난 지 20년 후 나는 마침내 오랫동안 거주할 목적으로 로마로의 이주를 결심했다. 나는 떠나기 전 로마에 몇 년 살았던 친구에게 언제라도 단어를 찾아보려면 휴대폰 앱 같은 이탈리아어 전자사전이 필요한지 물었다.

친구는 웃으며 말했다.

"머지않아 이탈리아어 사전 하나로도 충분할 거야."

친구 말이 옳았다. 로마에 거주한 지 두 달이 지나자 그리 자주 사전을 참조할 필요가 없다는 생각이 점차 들었다. 외출해도 사전은 가방 안에 그대로 처박혀 있었다. 결국 사전을 집에 두고 다니게 됐다. 그게 큰 전환점이었다고 생각한다. 난 해방감을 맛본 동시에 상실감도 느꼈다. 적어도 조금 내가 성장했다는 느낌이 들었다.

지금 내 책상엔 더 크고 묵직한 사전이 여러 개 있다. 영어 뜻풀이가 없는 순수 이탈리아어 사전이 두 개다. 그 작은 포켓 사전의 표지도 이젠 색이 약간 바랬고 더러워졌다. 종이도 누레졌다. 낱장 몇 개가 묶음에서 떨어져 나오기도 했다.

포켓 사전은 평상시 침대 머리맡 탁자 위에 있다. 그래야 책을 읽다가 모르는 단어를 쉽게 찾아볼 수 있기 때문이다. 이 사전으로 나는 다른 책들을 읽고, 새로운 언어의 문을 열 수 있다. 지금도 휴가나 여행을 떠날 때면 늘 지니고 다닌다. 사전은 내게 필수품이 됐다. 혹시라도 여행을 떠났는데 깜박 잊고 사전을 가져오지 않았을 땐 불안해지는 마음을 어쩔 수 없다. 마치 칫솔이나 갈아 신을 양말을 가지고 오지 않은 것 같다.

이제 이 작은 사전은 부모라기보다 형제 같다. 여전히 내게 필요하고 아직도 날 이끌어준다. 사전에는 비밀들이 가득하다. 이 작은 책은 언제나 나보다 크다.

번개에 맞은 것처럼

1994년 나와 여동생은 자신에게 이탈리아 여행을 선물하기로 맘먹었고 피렌체를 선택했다. 난 보스턴에서 르네상스 건축을 공부하고 있었다. 브루넬레스키의 파치 예배당이나 미켈란젤로가 설계한 메디체아 라우렌치아나 도서관 같은. 우리는 크리스마스 며칠 전 석양 녘에 피렌체에 도착했다. 그러곤 어둠 속에서 첫 산책에 나섰다. 난 친숙하면서도 차분하고 유쾌한 장소에 와 있었다. 계절상품들을 진열해 놓은 상점들. 사람들로 붐비는 좁은 길들. 어떤 길은 길이라기보다 복도 같다. 나와 내 여동생 같은 관광객들이 더러 있지만 많지는 않았다. 이곳 토박이들도 보였다. 사람들은 건물들에 무관심한 채 서둘러 걷기 바빴다. 발걸음을 멈추지 않고 광장을 가로질러 갔다.

　나는 일주일 동안 피렌체에 머물며 건물들을 둘러보고, 광장과 성당 들을 감상하려 했다. 하지만 이탈리아와 나는 시작부터 시각적인 것뿐만 아니라 청각적인 관계가 됐다. 비록 차량은 적지만 도시는 시끌벅적했다. 내가 좋아하는 소음, 대화, 문장, 말 들이었다. 어디를 가든 이 소리들이 들렸다. 마치 도시는 공연이 시작되기 전 관객들이 잡담을 나누며 들떠 있는 극장 같았다.

　아이들이 거리에서 기쁨에 넘쳐 메리 크리스마스 인사하는 소리가 들렸다. 어느 날 아침 호텔 방을 청소하는 아주머니가 "안녕히 주무셨어요?(avete dormito bene?)" 하고 다정하게 묻는 소리를 들었다. 내 뒤에 오던 한 신사가 보도를 앞서 지나가고자 조심스럽지만 다급하게 묻는 소리를 들었다. "실례해도 될까요?(permesso?)"

　난 대답할 수 없었다. 대화를 나눌 이탈리아어 실력이 못 되었다. 내가 상점에서, 레스토랑에서 맛본 감정은 본능적이고 강렬하며 모순적인 반응을 불러일으켰다. 이탈리아어는 이미 내 안에 있는 동시에 완전히 외부에 있는 듯했다. 이탈리아어가 내겐 외국어라는 사실을 아는데도 외국어가 아닌 것 같았다. 기묘하게 보일 수 있겠지만 이탈리아어가 친숙하게 느껴졌다. 이탈리아어를 별로 알지 못하는데도 뭔가 알 것 같았다.

내가 무엇을 안다는 걸까? 이탈리아어는 분명 아름답지만 그 아름다움과 난 떨어져 있었다. 이탈리아어는 내가 관계를 맺어야 하는 언어 같았다. 어느 날 우연히 만났는데 금방 어떤 인연, 애정이 느껴지는 사람. 아직 알아야 할게 많은데도 오래전부터 알아온 것 같은 느낌. 이탈리아어를 배우지 않으면 날 채울 수 없고 내가 완성되지 않으리라는 걸 알았다. 내 안 빈 공간, 그곳에 이탈리아어를 편히 자리 잡게 해야 한다는 생각이 들었다.

난 이탈리아어에서 분리되어 있으면서도 이어져 있음을 느꼈다. 이탈리아어가 멀게 느껴지다가도 가까이 느껴졌다. 내가 느끼는 감정은 물리적이고 설명할 수 없는 어떤 것이었다. 이탈리아어는 무분별하고 말도 안 되는 열망을 불러일으켰다. 격렬한 긴장. 번개에 맞은 것 같은 느낌이었다.

난 단테의 집에서 가까운 피렌체 지역에서 한 주를 보냈다. 하루는 베아트리체의 무덤이 있는 조그만 성당, 산타 마르게리타 데이 체르키를 보러 갔다. 베아트리체는 단테가 가까이 다가갈 수 없었지만 사랑했고 시인에게 영감을 주었던 여인이다. 둘 사이에 거리와 침묵이 존재했던 이루어지지 않은 사랑이었다.

굳이 내가 이탈리아어를 배워야 할 필요는 없었다. 이탈리아에 살지 않았고 이탈리아 친구들도 없었다. 난 이탈리아어를 갈망했을 뿐이다. 하지만 결국 갈망은 미친 듯 원하는 욕망과 다르지 않다. 많은 열정적인 관계가 그렇듯 이탈리아어에 대한 내 열광은 애착, 집착이 될 터였다. 이성을 잃는, 응답받지 못하는 뭔가가 늘 존재하겠지. 난 이탈리아어와 사랑에 빠졌지만 내가 사랑하는 대상은 내게 무관심하다. 이탈리아어는 날 절대 갈망하지 않을 거였다.

일주일이 지났다. 많은 건물과 프레스코 벽화들을 보고 난 후 나는 미국으로 돌아왔다. 여행을 추억하기 위해 엽서, 작은 선물 들을 가져왔다. 하지만 가장 선명한, 가장 생생한 기억은 물질이 아닌 무엇이다. 이탈리아를 생각할 때면 어떤 말들, 어떤 문장들이 새록새록 들린다. 이 그리움에 떠밀려 난 천천히 이탈리아어를 배우게 됐다. 수줍은 막연한 갈망이 날 재촉한다. 난 조심스럽지만 다급하게 이

이 작은 책은 언제나 나보다 크다

탈리아어로 묻는다.

"실례해도 될까요?(permesso?)"

추방

　나와 이탈리아어와의 관계는 추방 상태, 분리 상태에서 이어졌다.

　언어는 각각 어떤 특정한 장소에 속한다. 언어는 옮겨가고 널리 퍼질 수 있다. 하지만 언어는 보통 지리적 영토, 나라에 연결되어 있다. 이탈리아어는 특히나 이탈리아에 속해 있다. 반면 나는 다른 대륙에 살고 있어 이탈리아어를 쉽게 만나볼 수 없었다.

　나는 베아트리체와 대화를 나누는 데 9년이나 걸렸던 단테를 생각했다. 로마에서 먼 곳으로 추방됐던 오비디우스를 생각했다. 낯선 소리에 둘러싸인 채 언어가 다른 외딴 곳에 말이다.

이 작은 책은 언제나 나보다 크다

미국에서 벵골어로 시를 쓰던 어머니가 생각난다. 어머니는 미국으로 이주한 지 거의 50년이 지났는데도 벵골어로 쓰인 책을 찾아볼 수 없었다.

어떤 의미에서 나는 일종의 언어적 추방에 익숙해져 있다. 모국어인 벵골어는 미국에서 보자면 외국어다. 자신의 언어가 외국어로 생각되는 나라에서 살아갈 땐 계속 기묘하고도 낯선 감정을 경험하게 된다. 홀로 환경과 조응하지 않는 미지의 비밀스러운 언어를 말하는 것 같다. 그리움이 자신 안에 거리를 만든다.

내 경우에는 또 다른 거리, 또 다른 분열이 있다. 난 벵골어를 완벽하게 이해하지 못한다. 벵골어를 읽을 줄도 쓸 줄도 모른다. 또한 세련되지 못한 억양으로 말을 한다. 그래서 난 늘 나와 벵골어 사이에 분리를 느꼈다. 결국 역설적이게도 내 모국어 역시 외국어라는 생각이 든다.

이탈리아어에서 내가 추방되어 있다는 느낌은 벵골어와는 좀 다르다. 나와 이탈리아어는 이제 막 만났고 멀리 떨어져 있다. 내가 그리움을 느낀다는 게 이상해 보이겠지만 난 이탈리아어가 그리웠다.

내 언어가 아닌 언어에서 추방되어 있다는 느낌이 어떻

게 가능할까? 내가 뭘 모르는 걸까? 아마 내가 어떤 언어에도 완전히 속하지 못한 작가이기 때문일지 모른다.

난 책 한 권을 샀다. 책 제목은 '자신에게 이탈리아어 가르치기'였다. 격려와 희망과 가능성을 주는 제목이다. 독학으로도 얼마든지 언어를 배울 수 있을 것 같으니까.

오랫동안 라틴어를 공부하고 난 뒤라 나는 이 입문서의 처음 몇 장들은 아주 쉽게 익혔다. 동사변화를 외우고 연습 문제를 풀 수 있었다. 하지만 나는 혼자 공부할 때의 침묵, 외떨어짐이 싫었다. 고립되어 있고 뭔가 잘못됐다는 느낌이 들었다. 악기를 연주하지 않은 채 악기의 기능만을 공부하는 기분이었다.

나는 대학교에서 17세기 영국 극작가들에게 미친 이탈리아 건축의 영향으로 박사 학위 논문을 쓰기로 결심했다. 무슨 이유 때문에 극작가들이 영어로 집필된 비극의 배경을 이탈리아 건물로 정했는지 궁금했다. 논문에서 언어와 환경 사이에 일어나는 또 다른 분리에 대해 말하게 될 터다. 논문 주제는 내가 이탈리아어를 공부하게 된 두 번째 이유가 됐다.

나는 이탈리아어 초급 과정을 시작했다. 첫 이탈리아어

선생님은 보스턴에 살고 있는 밀라노 출신의 부인이었다. 나는 숙제를 했고 시험을 통과했다. 하지만 2년 동안 이탈리아어를 공부하고 난 뒤였음에도 알베르토 모라비아의 『치오치아라 여인』을 읽고 이해하기란 힘들었다. 페이지마다 거의 모든 단어에 밑줄을 그었다. 나는 사전을 계속 찾아봐야 했다.

피렌체를 여행한 지 7년 뒤인 2000년 봄에 나는 베네치아에 갔다. 사전 이외에 수첩 하나를 가져갔다. 수첩 마지막 장에 유용할지 모를 구절을 적어놓았다.

말씀해주시겠습니까?(Saprebbe dirmi?) 어디 있나요?(Dove si trova?) 어떻게 가나요?(Come si fa per andare?) 나는 '좋은(buono)'과 '멋진(bello)'의 차이를 기억했다. 이제 어느 정도 이탈리아어를 안다고 느꼈다. 사실 베네치아에서 나는 어찌어찌 길을 물어보고 호텔에 아침 기상 알람을 부탁할 수 있었다. 레스토랑에서 음식을 주문하고 점원과 몇 마디 나눌 줄도 알았다. 그러나 그 이상은 안 됐다. 이탈리아에 왔는데도 아직도 이탈리아어로부터 추방되어 있다는 걸 느꼈다.

몇 달 후 나는 만토바 문학 축제에 초대받았다. 그곳에서 내 책을 이탈리아에 처음 출간해준 출판인들을 만났다. 그 가운데 한 명이 내 작품의 번역자기도 했는데 출판사 명은 스페인 이름 '마르코스 이 마르코스'였다. 그들은 이탈리아 사람들이었다. 마르코와 클라우디아.

나는 인터뷰와 내 소개를 모두 영어로 해야 했다. 옆에는 늘 통역사가 동행했다. 이탈리아어를 어느 정도 알아들었지만 영어 없이 내 생각을 표현하고 설명할 순 없었다. 이것은 한계였다. 미국에서, 강의실에서 배웠던 것으론 충분하지 않았다. 온전히 이해할 수 없는 것이 존재했기 때문에 여기 이탈리아에선 큰 도움이 될 수 없었다. 이탈리아어는 여전히 닫힌 창살 같았다. 난 문턱에 서서 안을 들여다보았지만 창살은 열리지 않았다.

내게 열쇠를 준 건 마르코와 클라우디아였다. 내가 이탈리아어를 약간 공부했다고 언급하고 이탈리아어 실력을 좀 더 향상시켰으면 좋겠다고 하자 그들은 더 이상 나와 영어로 대화하지 않았다. 아주 간단한 대답밖에 할 수 없었는데도 그들은 이탈리아어를 사용했다. 내 말에 실수가 많고 그들이 말하는 걸 내가 완전히 이해하지 못했는데도 말이다. 내가 이탈리아어로 말하는 것보다 훨씬 더 그들이 영어를 잘 구사하는데도.

그들은 내 실수를 참아줬다. 잘못된 데를 고쳐주고 용기를 불어넣어주었으며, 내가 모르는 단어들을 알려줬다. 인내심을 가지고 또박또박 말해주었다. 부모가 아이들에게 말을 가르쳐줄 때처럼. 난 이런 방법으로 영어를 배우지 않았다는 생각이 들었다.

내 첫 책을 이탈리아어로 번역해서 발간했고 날 작가로서 처음 이탈리아에 초대해준 클라우디아와 마르코가 내게 전환점을 선물했다. 그들 덕분에 만토바에서 난 드디어 이탈리아어에 입성했다. 언어를 배우고 결속감을 느끼려면 결국 미숙하고 완벽하지 않더라도 대화를 먼저 나누어야 할 필요가 있다.

대화

    미국으로 돌아오자 나는 계속 이탈리아어로 말하고 싶었다. 그런데 누구와? 이탈리아어를 완벽하게 아는 뉴욕 사람 몇 명을 알았다. 그들과 말하기는 부끄러웠다. 내가 버벅거리고 실수를 해도 괜찮은 누군가가 필요했다.

    어느 날 나는 스트레가상을 받은 로마 출신의 유명한 여성 작가를 인터뷰하기 위해 뉴욕 대학에 있는 이탈리아어 연구소에 갔다. 북적이는 사람들 가운데 나를 제외한 모든 이들이 이탈리아어로 흠잡을 데 없이 말했다.

    연구소장이 날 맞아주었다. 난 그에게 이탈리아어로 인터뷰를 하고 싶다고 말했다. 몇 년 전 이탈리아어를 공부했지만 말은 잘 못한다고도 했다.

"실전 연습이 필요해요."

내가 연구소장에게 말했다.

"실전 연습이 필요하죠."

연구소장이 친절하게 대답했다.

2004년 남편이 뭔가를 내게 내밀었다. 우리 동네 브루클린에서 길을 가다 우연히 봤던 광고 게시판에서 찢어 온 종이 쪽지였다. '이탈리아어 과외'라는 문구가 적혀 있었다. 난 그게 신호라고 생각했다. 전화를 걸어 만날 약속을 했다. 정감 있고 활력이 넘치는 한 여인이 우리 집에 왔다. 그녀는 밀라노 출신으로 사립 학교에서 아이들을 가르쳤고 뉴욕 근교에 살았다. 왜 이탈리아어를 배우려 하는지 내게 물었다.

난 올여름 문학 축제에 참가차 로마에 갈 예정이라고 설명했다. 그럴싸한 이유 같았다. 이탈리아어가 내게 영감을 줬다고 속마음을 밝히지는 않았다. 이탈리아어를 잘 알고 싶은 희망, 아니 꿈을 품고 있다고 말하지도 않았다. 내 삶과 관계가 없는 언어를 유창하게 말할 방법을 찾고 있노라 이해시키지도 않았다. 이 괴로움으로 애를 태우고 있으며 나 자신의 부족함을 절감한다고 말하지도 않았다. 마치 이탈리아어는 열심히 쓰지만 완성할 수 없는 책 같았다.

우리는 일주일에 한 번 한 시간 정도 만났다. 나는 딸을 임신 중이었고, 11월에 분만 예정이었다. 우리는 잡담을 나눠보려 했다. 매번 수업이 끝날 때마다 이탈리아어 선생님은 대화를 나누는 동안 내게 부족했던 단어들을 죽 나열해서 건넸다. 나는 부지런히 목록을 복습했다. 단어 목록을 서류철에 묶어놓기까지 했지만 난 그 단어들을 까먹기 일쑤였다.

로마 문학 축제에서 누군가와 서너 문장, 아마 다섯 문장쯤 이야기를 나눌 수 있었을 것이다. 하지만 그 정도였다. 그 이상 대화를 나눌 수는 없었다. 나는 테니스 시합을 하면서 공을 친 개수를 세듯, 수영을 배울 때 팔 휘젓는 횟수를 세듯, 내가 말하는 문장 수를 셌다.

내가 건너고 싶어했던 호수, 그 호수 은유를 다시금 떠올려보자. 나는 지금 무릎까지, 허리까지 차는 물속에서 걸을 수 있다. 하지만 아직은 바닥에 두 발을 디디고 걸어야 한다. 바로 그것처럼 나는 수영하는 방법을 모르는 사람들이 하는 것을 해야 했다.

여러 차례의 실전 대화에도 이탈리아어는 여전히 내게

서 도망쳤다. 오직 선생님 덕분에 사라졌다가 다시 나타나곤 했다. 선생님은 우리 집에 한 시간 정도 이탈리아어를 가져왔다가 그대로 가져가버렸다. 선생님과 같이 있을 때만 이탈리아어는 구체적이고 손에 닿는 듯했다.

딸아이가 태어나고 그렇게 4년이 흘렀다. 나는 또 다른 책을 끝냈다. 2008년에 책을 발간하고 나자 책 홍보차 이탈리아에 와달라는 초대를 받았다. 다시 준비를 위해 새 선생님을 찾았다. 열정적이고 친절한 베르가모 출신의 젊은 여자였다. 그녀도 일주일에 한 번 우리 집에 왔다. 우리는 소파에 나란히 앉아 이야기했다. 이내 우리는 친해졌고 간혹가다 내 이해력이 좋아지기도 했다. 선생님은 용기를 북돋아줬고, 내가 이탈리아어를 잘하며 그곳에서도 잘해낼 수 있을 거라고 했다. 하지만 그렇지는 않았다. 밀라노에 갔을 때 난 똑똑하고 유창하게 말하려 했지만 늘 실수를 깨닫고 멈칫거리며 주저했고 혼란을 겪었다. 나는 그 어느 때보다 낙담했다.

2009년 마침내 세 번째 개인 교습 선생님과 공부를 시작했다. 30년 전 브루클린으로 이사 와 미국에서 아이들을 키운 베네치아 출신의 부인이었다. 미망인이었던 선생님

은 베라차노 다리 근처 등나무로 둘러싸인 집에서 늘 그녀
의 발치를 지키는 개 한 마리와 함께 살았다. 그 집에 가는
데 거의 한 시간이나 걸렸다. 브루클린 경계 지역까지, 대
개 종점까지 지하철을 타고 갔다.

　나는 이 여정이 좋았다. 내 삶의 나머지를 등 뒤에 남겨
둔 채 집을 나섰다. 작품 집필은 생각하지 않았다. 몇 시간
동안 나는 내가 아는 언어들을 잊었다. 매번 작은 도주를
하는 것 같았다. 오직 이탈리아어 하나만 중요한 곳이 날
기다리고 있었다. 새로운 현실이 펼쳐지는 나의 피난처였다.

　나는 새로운 이탈리아어 선생님을 아주 좋아했다. 4년
동안 서로 존댓말을 했지만 가깝고 친밀한 사이가 되었다.
우리는 작은 테이블이 놓인 부엌 나무 벤치에 앉았다. 선
반에는 책들, 손자들의 사진이 벽에는 멋진 놋쇠 냄비들이
걸려 있었다. 나는 그녀의 집에서 처음부터 다시 시작했다.
가정법, 간접화법, 수동문 사용법을 배웠다. 그녀와 함께
공부하면서 내 계획은 불가능이 아닌 가능한 일이 되는 듯
했다. 이탈리아어에 대한 기묘한 이 탐닉은 어리석은 짓이
아닌 내 천성처럼 느껴졌다.

　우리는 인생에 대해, 세상살이에 대해 이야기했다. 힘들

지만 필요한 연습을 수도 없이 되풀이했다. 선생님은 계속 내 실수를 고쳐주었다. 선생님 말을 들으면서 나는 수첩에 메모했다. 수업이 끝나면 녹초가 됐지만 벌써 다음 수업을 위한 마음가짐을 다졌다. 그녀와 인사하고 뒤에서 창살문이 닫히면 나는 어서 빨리 다시 돌아오고 싶어졌다.

어느 순간 베네치아 출신 선생님과의 수업은 내가 좋아하는 일이 되었다. 그녀와 공부하면서 내 기이한 언어 여정에서 피할 수 없었던 근과거 용법이 명확히 이해됐다. 어느 날 나는 이탈리아로 이주하기로 결심했다.

거부

    나는 로마를 선택했다. 로마는 어려서부터 매력을 느꼈고 금방 마음을 뺏긴 도시다. 2003년 처음 로마에 갔을 때 난 홀린 것 같은 감정과 친근감을 느꼈다. 로마를 이미 알고 있는 기분이었다. 며칠 보냈을 뿐인데 나는 로마에서 살게 될 운명이라는 걸 알았다.

    당시 나는 로마에 친구가 없었다. 하지만 누군가를 만나러 로마에 가는 게 아니었다. 나는 인생의 길을 바꾸기 위해, 이탈리아어를 붙잡기 위해 로마로 가는 거였다. 로마에서 이탈리아어는 매일, 매분 날 따라다닐 것이다. 늘 옆에서 감각으로 와 닿을 것이다. 켰다 껐다 하는 스위치가 되지 않을 거였다.

로마 이주를 준비하기 위해 나는 출발 여섯 달 전부터 더는 영어로 된 글을 읽지 않기로 결심했다. 그때부터 이탈리아어로만 열심히 읽었다. 내 주된 언어에서 떨어지는 게 옳은 듯했다. 공식적으로 영어를 거부한 것이다. 곧 로마에서 언어 순례자가 되려는 순간이었다. 친숙하고 중요한 것을 뒤에 남겨두고 떠날 필요가 있다고 생각했다.

갑자기 내 모든 책이 더는 필요치 않았다. 단순한 물건들인 듯했다. 내 창작 생활의 닻이 사라지고, 나를 이끌던 별들이 물러났다. 내 앞에 새로운 빈방이 보였다.

서재에 있을 때나 지하철을 타고 갈 때, 잠들기 전 침대에 누워 있을 때, 시간이 날 때마다 나는 이탈리아어에 몰두했다. 탐험하지 않은 미지의 다른 땅으로 들어갔다. 일종의 자발적인 망명이었다. 나는 아직 미국에 있었지만 이미 다른 곳에 가 있는 기분이었다. 독서하는 동안 행복하지만 방향을 잃은 손님 같은 느낌이었다. 내 집에서 책을 읽는 것 같지 않았다.

나는 알베르토 모라비아의 『무관심한 사람들』과 『권태』를 읽었다. 체사레 파베세의 『달과 횃불』, 살바토레 콰지모도와 움베르토 사바의 시들을 읽었다. 이해할 수 있는 것도 이해할 수 없는 것도 있었다. 내 능력에 도전해보고자 사전을 찾아가며 완벽하게 읽으려 하지 않았다. 나는 확실함 대신 불확실함을 선택했다.

나는 천천히 신중하게 읽었다. 어려움이 많았다. 페이지마다 옅은 안개가 끼어 있는 듯했다. 그러나 장애물은 내게 자극이 되었다. 새로운 문장구조는 경이로워 보였다. 모르는 낱말은 보석 같았다.

나는 사전을 찾아봐야 하고 배워야 할 단어들을 목록으로 작성했다. 망연자실한(imbambolato), 구부정한(sbilenco), 균열(incrinatura), 머리맡(capezzale), 경첩이 떨어진(sgangherato), 심란한(scorbutico), 비틀거리다(barcollare), 말다툼하다(bisticciare). 책 한 권을 다 읽고 나자 감동이 밀려왔다. 큰일을 해낸 것 같았다. 힘들었던 만큼 더 만족스러웠고 그건 기적과도 같은 과정이었다. 내 능력으로는 책을 읽어낼 거라고 생각하지 못했으니. 나는 마치 어린애처럼 책을 읽어나갔다. 그러나 나는 어른으로서, 작가로서 다시 독서의 기쁨을 맛보았다.

이 시기 나 개인이 분리되어 있다고 느꼈다. 내가 글을 쓰는 건 독서에 대한 반응, 대답이었다. 결국 일종의 대화였다. 두 가지는 밀접하게 연결된 상호의존 관계였다.

이제 영어로 글을 쓰고 이탈리아어로만 책을 읽었다. 그 즈음 소설을 마무리하고 있었는데 그 때문에 텍스트에 억지로 몰입해야 했다. 영어를 포기할 수는 없었다. 하지만 나의 제일 강력한 언어는 이미 내 뒤로 물러난 듯했다.

두 개의 얼굴을 가진 야누스가 머릿속에 떠올랐다. 과거와 미래를 동시에 보는 두 얼굴. 문간, 시작과 끝을 상징하는 고대 신 야누스는 변화의 순간을 나타낸다. 철책에서, 문에서 눈을 부릅뜨고 지킨다. 야누스는 도시를 보호하는 유일한 로마 신이다. 내가 이제 로마 어디에서나 만날 수 있는 독특한 이미지다.

사전을 가지고 읽기

보통 나는 이탈리아어 글을 읽을 때 사전을 사용하지 않는다. 내가 모르는 단어들이나 인상적인 문장에 밑줄을 긋기 위해 펜을 쓸 뿐이다.

새로운 단어를 만나면 결정의 순간이 온다. 당장 그 단어의 뜻을 배우기 위해 잠시 읽는 걸 멈출 수도 있고, 단어에 표시를 한 다음 읽기를 계속해나갈 수도 있으며, 아니면 그 단어를 무시해버릴 수도 있다. 매일 길에서 보는 사람들 가운데 어떤 얼굴이 유독 눈에 들어오는 것처럼 몇몇 단어는 왠지 모르게 두드러지고 내게 인상을 남긴다. 다른 단어들은 배경으로 남는다.

책 한 권을 다 읽고 나면 나는 다시 원문으로 돌아가 단어들을 꼼꼼하게 점검한다. 책, 메모장, 사전 몇 권, 펜이 널 브러진 소파에 앉는다. 긴장감을 풀어주는 이 열정적인 작업은 시간이 꽤 걸린다. 나는 책 빈 공간에 단어의 뜻을 적지 않고 메모장에 목록을 만든다. 예전에는 단어의 뜻을 영어로 적었다. 이젠 이탈리아어로 적는다. 그렇게 나만의 개인적인 사전, 독서의 과정이 담겨 있는 나만의 어휘집을 만든다. 때때로 메모장을 넘기며 단어들을 복습한다.

이러한 독서가 영어 책을 읽을 때보다 더 친밀하고 강렬하다는 걸 알았다. 왜냐하면 나와 새로운 언어가 만난 지얼마 되지 않았기 때문이다. 우리는 같은 지역 출신이 아니고 가족도 아니다. 가까이에서 성장하지 않았다. 피 속에, 뼈 속에, 이 언어는 없다. 나는 이탈리아어에 매료되었지만 동시에 갑갑증을 느낀다. 이탈리아어는 내가 사랑하지만 내게는 무정하기만 한 신비였다.

모르는 단어들은 내가 이 세상에서 아직 모르는 게 많다는 사실을 일깨운다.

이따금 나는 어떤 단어를 보고 이상한 반응을 일으키기도 한다. 예를 들어 어느 날 나는 '수도원의(claustrale)' 라는 단어를 찾아냈다. 난 그 단어의 의미를 그냥 넘겨버릴 수도 있었지만 명확히 알고 싶어졌다. 기차 안에 있었던 나는 포켓 사전을 찾아봤다. 단어가 없었다. 난 갑자기 마법에라도 걸린 듯 이 단어에 사로잡혔다. 당장 그 뜻을 확인하고 싶었다. 단어의 뜻을 알기 전까지 괜스레 초조했다. 터무니없는 생각이긴 했지만 나는 그 단어의 뜻을 알 수만 있다면 내 삶을 바꿀 수도 있을 터였다.

삶을 바꿀 수 있는 것은 우리 외부에 언제나 있다고 생각한다.

언젠가 더는 사전이나 메모장, 펜이 필요 없는 날을 꿈꾸고 살아야 할까? 내가 영어로 책을 읽듯이 도구 없이 이탈리아어 책을 읽을 수 있는 날을 꿈꾸어야 할까? 이런 것을 최종 목적으로 삼는 게 옳은 걸까?

아니라고 생각한다. 모르는 게 많아도 나는 아주 활동적이고 열심인 이탈리아어 독자면 족하다. 나는 노력을 좋아한다. 한계가 있는 조건을 더 좋아한다. 무지가 어떤 식으로든 내게 필요하다는 걸 안다.

한계가 있음에도 지평선은 끝없이 펼쳐진다는 사실이 생각났다. 다른 언어로 읽는다는 건 성장과 가능성의 끝없는 상태를 내포한다. 배우는 초심자로서의 내 일은 절대 끝나지 않으리라.

사람들은 사랑에 빠졌을 때 영원히 함께 살고 싶어한다. 지금 경험하는 흥분과 열정이 계속되기를 꿈꾼다. 이탈리아어로 읽는 건 내게 그런 열망을 불러일으킨다. 내가 죽으면 이탈리아어를 새록새록 알아가는 것도 끝나기 때문에 난 죽고 싶지 않다. 매일 배워야 할 새 단어가 있기 때문이다. 그래서 진정한 사랑은 영원을 꿈꾸나 보다.

매일 책을 읽으면서 나는 새로운 단어들을 발견한다. 밑줄을 긋고 메모장에 옮겨 적을 뭔가를 말이다. 잡초를 뽑아내는 정원사가 생각난다. 정원사처럼 내 일도 따지고 보면 미친 짓이라는 걸 안다. 절망적인 일. 시시포스의 힘겨운 노력이나 다름없다. 정원사가 자연을 완벽하게 통제하기란 불가능하다. 마찬가지로 열망이 크더라도 내가 이탈리아어 단어를 모두 알기란 불가능하다.

하지만 나와 정원사 사이에는 근본적인 차이가 있다. 정원사에게 잡초란 원치 않는 것이다. 잡초는 뿌리째 뽑아 던져버려야 할 것이다. 하지만 나는 단어들을 모은다. 내 손으로 단어들을 주워 소유하고 싶어한다.

나를 표현할 새로운 방법을 발견했을 때 나는 카타르시

스를 느낀다. 내가 모르는 단어들은 현기증 날 정도로 깊지만 비옥한 심연이다. 내게서 빠져나간 모든 것, 가능한 모든 것을 모아놓은 심연.

단어 줍기

나는 계속 단어를 쫓아다닌다.

그 과정을 이렇게 설명하고 싶다. 매일 나는 바구니를 손에 들고 숲으로 들어간다. 사방에서 단어들이 보인다. 나무 위에, 덤불 속에, 땅바닥에 단어들이 있다(실은 길을 가다가, 대화 가운데, 혹은 책을 읽다가 단어들이 보인다). 난 가능한 많은 단어들을 모은다. 하지만 그 단어들로는 충분하지 않은지 내 식욕은 도무지 채워지질 않는다.

나는 난해한 단어들 '재난(sciagura)' '민첩(spigliatezza)'이나 쉽게 이해할 수 있지만 좀 더 알고 싶은 단어들 '격노한(inviperito)' '눈을 부릅뜬(stralunato)'을 모은다. 영어에는 필적할 만한 게 없는 아름다운 단어들 '개미가 우글거리다(formicolare)' '박명(chiarore)'도 모은다. 수많은 상황을 묘사하기 위해 엄청나게 많은 형용사를 모은다. '너저분한(malmesso)' '납 빛깔의(plumbeo)' '마구 칠한(impiastricciate)'. 내게 필요하지 않을 수많은 명사와 부사들도 모은다.

하루가 저물 때면 무거워진 바구니에서 단어가 넘쳐난다. 난 열심히 일한 것 같고 부자가 된 것 같고 상쾌하다. 내 단어들이 돈보다 더 귀중한 것 같다. 내가 황금 더미, 보석 자루를 발견한 걸인 같다는 생각이 든다.

하지만 숲에서 나갈 때쯤 바구니를 보면 겨우 단어 한 줌밖에 안 된다. 단어 대부분이 사라진다. 공중으로 증발되고 손가락 사이로 물이 빠져나가듯 줄줄 새어나간다. 왜냐하면 바구니는 바로 기억이고, 기억은 날 속이기도 하며 기억 안에 담긴 것을 지속시키지 못한다.

나는 모은 단어 모두와 연대감을 느낀다. 책임감과 함께 애정을 느낀다. 단어가 기억나지 않을 땐 내가 혹시 그 단어를 떨어뜨린 게 아닐까 걱정이 된다.

동화 같은 꿈을 꾸고 난 아침처럼 나는 허망하고 기운이 빠진다. 숲은 마치 천국, 환영 같다. 그러다가 나는 정신을 차린다.

비록 나는 패배했지만 용기를 잃지 않는다. 패배했다 하더라도 좀 더 마음을 다잡는다. 다음 날 나는 숲으로 다시 들어간다. 이 계획이 시간 낭비라고 생각하지 않는다. 결과에 상관없이 단어를 모으는 행동 자체가 아름다운 법이니까.

하지만 메모장에 단어들을 모으는 것만으로는 충분하지도 만족스럽지도 않다. 나는 모은 단어들을 사용하고 싶다. 필요할 때 단어를 퍼 올리고 싶다. 단어에 닿고 싶다. 단어들이 내 일부가 되게 하고 싶다.

나는 단어들을 익히고 암기하기 위해 그것들을 복습한다. 누군가와 대화하면서도 단어들을 생각한다. 수첩에 내가 손으로 직접 쓴 단어들이 있다.

내가 천재라면 모든 걸 기억할 텐데, 그러면 좀 더 정확하게 술술 대화할 수 있을 텐데. 하지만 필요할 때, 단어들은 빠져나가고 잡히질 않는다. 단어들은 종이 위에는 있지만 뇌 속으로 들어오지 않고, 그래서 입 밖으로 나오지 않는다.

수첩에 적혀 있지만 소용이 없다. 내가 그 단어들을 적었다는 사실만이 기억난다.

나는 수첩을 다시 읽다가 어떤 단어들은 몇 번씩 적었다는 사실을 깨닫는다. 내 기억에 저항하는 단어들이다.

단순하지만 고집 센 단어들 '사각대는 소리(fruscio)' '갈라지는 소리(schianto)' '예민한(arguto)' '뾰로통한 표정(broncio)'은 나와 어떤 관계도 맺고 싶지 않은 듯하다.

수첩에 있는 단어들은 모두 점차적인 물리적 성장의 표시다.

내 아이들이 태어난 처음 몇 주가 머릿속에 떠오른다. 그 시기에 나는 아이들 몸무게를 재보러 매주 소아과에 갔었다. 늘어난 몸무게가 기록됐고, 일 그램이라도 중요했다. 그램은 이 땅에 아이들이 존재한다는 구체적인 증거였다.

이탈리아어에 대한 내 이해도 그렇게 조금씩 커나간다. 나는 매일 단어를 모아 내 어휘집을 만들어나간다.

내 어휘는 어느 순간 갑자기 확 늘어난다. 그렇게 단어들이 나타났다가 잠시 함께 있더니 종종 예고 없이 날 버리고 떠난다.

수첩은 이탈리아어에 대한 내 열정을 고스란히 담고 있다. 내 모든 노력을. 내가 떠돌아다니고 배우고 잊고 실패

하는 공간을 담고 있다. 내가 희망을 품을 수 있는 그 공
간을.

일기

나는 성모승천축일 ^{8월 15일로 가톨릭의 4대 의무 축일의 하나} 며칠 전에 가족과 함께 로마에 왔다. 우리 가족은 이탈리아인 대다수가 휴가를 떠나는 이 습관을 몰랐다. 로마 시민 대부분이 도시를 빠져나가 도시 전체가 멈춰 있을 때 우리 가족은 삶의 새로운 장을 시작하려 했던 거다.

우리는 줄리아 거리에 아파트를 얻었다. 아주 우아한 거리인데, 8월 중순이라 한산했다. 참을 수 없을 정도로 덥고 햇살은 따가웠다. 장을 보러 나가면 두 걸음 걷다 그늘로 들어가 잠시 쉬어가곤 했다.

로마에 온 지 둘째 날 토요일 저녁, 집으로 다시 들어가려는데 문이 열리지 않았다. 전엔 문제없이 열렸는데 말이다. 몇 번이나 문을 열어보려 했지만 열쇠가 자물쇠 안에서 돌아가지 않았다.

　건물에는 우리 말곤 사람이 없었다. 우린 신분증도 없었고 아직 전화도 개통하지 않았으며 로마에는 아는 친구나 지인이 없었다. 나는 건물 맞은편 호텔에 도움을 요청했다. 호텔 종업원 두 명도 문을 열지 못했다. 집주인은 칼라브리아에서 휴가 중이었다. 당황한 데다 배도 고팠던 아이들은 울면서 당장 미국으로 돌아가고 싶다고 했다.

　결국 열쇠 수리공이 와서 2분 만에 문을 열었다. 자물쇠를 다시 만든 것도 아닌데 출장비로 200유로 넘게 받아갔다.

　이 트라우마가 내게 불에 덴 경험, 일종의 세례가 된 듯하다. 소소하지만 짜증스러운 장애물이 몇 개 더 있었다. 우리는 분리수거 쓰레기를 어디다 버려야 하는지, 대중교통 이용권을 어디서 사야 하는지, 버스가 어디서 서는지 몰랐다. 모든 걸 처음부터 배워야 했다. 로마 시민 세 명에게 길을 물어보면 각자 다른 대답을 했다. 나는 혼란스러웠고 종종 의욕을 잃었다. 로마에 산다는 사실이 가슴 벅찼음에도 모든 것이 불가능하고, 이해할 수 없고, 헤쳐 나갈 수 없는 듯했다.

로마로 이사 온 지 일주일 후, 문이 잠겼던 잊을 수 없는 그 토요일 저녁을 보내고 두 번째 맞는 토요일 나는 우리의 고난을 적기 위해 일기장을 펼쳤다. 그날 난 생각도 못한 낯선 행동을 했다. 이탈리아어로 일기를 쓴 것이다. 자동적으로 술술 이탈리아어 일기를 썼다. 손에 펜을 쥐었을 때 머릿속에서 더는 영어가 생각나지 않았기 때문에 그렇게 할 수 있었다. 모든 게 혼란스럽고 당황스러웠던 그 시기에 나는 언어를 바꿔 글을 썼다. 내가 새로이 경험했던 모든 것을 보다 의욕적으로 이야기하기 시작했다.

난 서툴고 어색한 엉터리 이탈리아어로 일기를 썼다. 단어를 찾아보지 않고 사전 없이 충동만으로. 마치 어린아이처럼, 글을 잘 모르는 사람처럼 더듬더듬 써나갔다. 난 그렇게 쓰는 게 부끄러웠다. 아무것도 없는 상태에서 생겨난 이 미스터리한 충동을 이해하지 못했다. 그러나 멈출 수 없었다.

난 마치 왼손, 글을 쓰지 않았던 미숙한 손으로 글을 쓰는 듯했다. 위반, 반항, 어리석은 짓 같았다.

로마에 이사 온 처음 몇 달 동안 내 이탈리아어 비밀 일기는 날 위로하고, 날 안정시킨 유일한 것이었다. 종종 한밤중에 불안한 잠을 깨면 책상으로 가서 이탈리아어로 몇 단락을 썼다. 아주 비밀스러운 계획이었다. 누구도 내가 이탈리아어로 일기를 쓰리라 예상하지 못했고 알지 못했다.

영어와 비슷하지만 새로운 언어로 이런 일기를 쓰는 인격체가 내게 있을 줄 몰랐다. 나의 가장 순수하고 연약한 부분이라는 걸 안다.

로마로 이주하기 전 나는 가끔 이탈리아어로 글을 쓰곤 했다. 마드리드에 사는 이탈리아 친구에게 편지를 써보거나 이탈리아어 선생님에게 이메일을 몇 번 시도했다. 인위적인 형식적 연습일 것이다. 내 목소리가 아닌 듯했다. 미국에서는 이탈리아어에 내 목소리를 담아내지 못했다.

하지만 로마에서 이탈리아어로 글을 쓴다는 건 여기에 내가 존재한다고 느끼는 유일한 방법인 듯싶다. 특히 작가로서 이탈리아와 연결되는 유일한 방식. 비록 완전하지 않고 실수투성이지만 새로운 일기는 내 혼란을 명확히 보여주었다. 급격한 변화, 그런 가운데 가득한 당혹스러운 마음 상태를 반영해주었다.

이탈리아로 오기 몇 달 전 나는 또 다른 글쓰기 방향을 찾고 있었다. 새로운 접근 방법을 원했다. 그런데 미국에서 몇 년 동안 조금씩 공부했던 그 언어가 결국 내게 새로운 방향을 알려주리라고는 생각하지 못했다.

난 노트 한 권을 다 쓰고 또 한 권을 새로 펼쳤다. 두 번째 은유가 떠올랐다. 나는 장비를 제대로 갖추지 않고 산을 오르는 것 같다. 살아남기 위한 문학적 노력이다. 난 이탈리아어로 나 자신을 표현할 단어를 많이 알지 못한다. 일종의 결핍 상태라고 생각한다. 하지만 동시에 난 자유롭고 가벼운 느낌이다. 내가 글을 쓰는 이유를 다시금 깨달았다. 필요에 의해서 글을 쓰지만 기쁨을 느끼는 것이다. 나는 어려서부터 느꼈던 기쁨을 다시금 맛보았다. 누구도 읽지 않을 노트에 단어를 적어 넣는 기쁨 말이다. 나는 문장을 다듬지 않고 투박하게 이탈리아어로 글을 쓴다. 그리고 계속 불안한 상태다. 맹목적이지만 진실한 믿음과 함께 나 자신을 이해받고 이해하고 싶다는 생각뿐이다.

단편

일기는 내게 이탈리아어로 글을 쓰는 훈련, 습관을 만들어줬다. 하지만 일기만 쓰는 건 집 안에 틀어박혀 혼자 말하는 거나 다름없다. 일기에 나 자신을 표현하는 건 내면의 개인적인 서술일 뿐이다. 어느 순간 위험하더라도 밖으로 나가고 싶었다.

나는 손으로 쓴 한 페이지가 넘지 않는 아주 짧은 분량의 작품으로 시작했다. 특별한 뭔가에 초점을 맞추려 노력했다. 어떤 사람, 어떤 순간, 어떤 장소 말이다. 예전에 문예 창작 수업을 했을 때 학생들에게 요구했던 점을 이제 내가 실천했다. 짧은 글을 써보는 게 단편을 쓰기 전 먼저 해야 할 첫걸음이라고 학생들에게 설명했었다. 작가는 세상에 존재하지 않는 것을 상상하기 전에 실제 세상을 잘 관찰해야 한다고 생각한다.

내가 이탈리아어로 쓴 짧은 글들은 사소하기 짝이 없다. 하지만 난 그 글을 완벽하게 쓰기 위해 열심히 노력했다. 로마에서 만난 새 이탈리아 선생님에게 내 첫 작품을 보여줬다. 선생님이 내게 글을 돌려줬을 때 그 글은 만신창이가 되어 있었다. 실수투성이였다. 총체적 난국이었다. 거의 모든 문장이 수정됐다. 나는 빨간 펜으로 첫 글을 고쳤다. 수업이 끝날 때면 종이는 검은색만큼이나 빨간색 잉크로 얼룩져 있었다.

작가로서 난 이렇게 열심히 글을 써본 적이 없다. 내 계획이 너무 힘들어서 잔혹하게 느껴지기까지 했다. 평생 한 번도 글을 써본 적이 없는 것처럼 처음부터 다시 시작해야 한다. 하지만 정확히 말해 난 출발점에 있는 건 아니다. 의지할 것도, 갑옷도 없는 다른 차원에 있을 뿐이다. 나 자신이 그리 바보 같다 느껴지지 않는 차원이다.

이젠 이탈리아어를 썩 잘 말하지만 구어는 날 도와주지 못한다. 대화는 같이 만들어가는 것이고, 종종 포용의 행동이 담겨 있다. 말할 때 난 실수할 수 있지만 어떤 식으로

든 내 의사를 표현할 수 있다. 종이 위에서는 나 혼자다. 구어는 문어에 비하자면 집 안으로 들어가는 현관과 같은 것이다. 문어는 구어보다 엄격하고 이해하기 어려운 나름의 논리를 갖고 있다.

창피하지만 나는 계속한다. 다음 수업을 위해 난 다른 글을 준비한다. 실수, 모난 데를 모두 묻어두고 나면 귀중한 뭔가가 있기 때문이다. 거칠지만 생생한 새로운 목소리는 더욱 향상되고 깊어질 것이다.

어느 날 나는 도서관을 찾았다. 도서관에서 난 아주 불편했고, 좀처럼 집중을 하지 못했다. 도서관의 이름 없는 책상에서 문득 이탈리아어 단편 하나가 떠올랐다. 번쩍, 계시처럼. 머릿속에서 문장이 들렸다. 그 문장들이 어디서 왔는지 모르겠다. 어떻게 내가 그 문장들을 들을 수 있었는지도. 난 급히 노트에 적었다. 노트에 전부 적어 넣기 전에 모두 사라질까 두려웠다. 모든 게 조용히 술술 풀려나왔다. 사전은 사용하지 않았다. 단편 전반부를 쓰는 데 약 두 시간이 걸렸다. 다음 날 나는 다시 도서관에 와서 두 시간 동안 단편 후반부를 끝냈다.

그렇게 단편이 탄생하자 이전의 내 창작 과정과 전혀 달랐다는 걸 깨달았다. 그 사실에 적잖이 놀랐다.

난 이런 식으로 단편을 쓴 적이 없었다. 영어로 작품을 쓸 때 늘 고심해 글을 썼다. 한 문장 한 문장 쓸 때마다 잠시 멈춰 정확한 단어를 고르고, 단어들을 재배열하고 몇 번이나 생각을 바꾸었다. 내가 영어를 잘 이해한다는 점이 보탬이 되기도 하고 방해가 되기도 했다. 만족할 때까지 미친 듯이 모든 걸 다시 썼다. 그런데 이탈리아어로 글을 쓸 때 나는 사막에 떨어진 병사처럼 단순히 앞으로 나아가야만 했다.

단편을 다 쓰고 나자 컴퓨터로 옮겨 적었다. 처음으로 이탈리아 컴퓨터 화면에 글을 썼다. 손가락이 긴장됐다. 키보드 위에서 어떻게 손가락을 움직여야 할지 몰랐다.

수정하고 다시 써야 할 게 아주 많을 거라는 걸 안다.

작가로서 평생 이와 같은 일이 다신 없을 거라는 것도 안다.

단편 제목은 '변화'다.

내용은? 주인공은 변화를 찾아 낯선 도시로 이주한 마음이 초조한 번역가다. 검은색 스웨터 하나만 입고 거의 맨몸으로 혼자 낯선 도시에 왔다.

이 작은 책은 언제나 나보다 크다

단편을 어떻게 읽어야 할지 모르겠다. 단편을 어떻게 생각해야 할지, 무슨 의미인지도 모르겠다. 내 단편을 평가할 비판 능력이 내겐 부족하다. 내게서 나온 글이지만 완벽히 내 것이 아닌 듯하다. 한 가지 사실만은 확실하다. 난 영어로 그런 글을 절대 쓰지 않을 거라는 것.

난 내 글을 분석하는 걸 아주 싫어한다. 하지만 몇 달 뒤 어느 날 아침 나는 도리아 팜필리 공원을 달리다가 이 이상한 단편의 의미가 불현듯 머릿속에 떠올랐다. 스웨터는 언어였다.

변화

다른 사람이 되고 싶었던 여인, 번역가가 있었다. 분명한 이유는 없었다. 그냥 늘 그래왔다.

친구도 가족도 집도 일도 있었다. 돈도 충분하고 건강도 좋았다. 결국 운이 좋은 삶이었고, 그런 삶에 감사했다. 그녀를 괴롭히는 단 한 가지는 다른 사람들과 구별되고픈 욕구였다.

여인은 자신이 가진 것을 생각할 때 살짝 반감이 들었다. 왜냐하면 그녀에게 속한 모든 것, 모든 물건이 존재의 증거가 됐기 때문이다. 지나온 삶을 다시금 떠올릴 때마다 좀 나은 인생이 있었을지 모른다는 생각이 들었다.

처음 쓴 책의 초고처럼 자신의 인생이 완벽하지 않다고

이 작은 책은 언제나 나보다 크다

생각했다. 어떤 언어의 텍스트를 다른 언어로 번역하는 식으로, 자신도 다른 형태로 만들어내고 싶었다. 아름다운 드레스 자락 솔기에서 풀려나온 실오라기를 가위로 싹둑 잘라내듯, 때때로 이 땅에서 자신의 존재를 없애고픈 충동을 느꼈다.

하지만 자살하고 싶진 않았다. 그녀는 세상과 사람들을 너무 좋아했으므로. 오후 늦게 천천히 산책을 하면서 주변 광경을 관찰하길 좋아했다. 초록빛 바다, 노을, 해변에 널려 있는 조약돌을 좋아했다. 가을에 나오는 빨간 배의 단맛, 겨울밤 구름 사이에서 빛나는 둥근 보름달을 좋아했다. 침대의 포근함, 한번 잡으면 멈출 수 없이 읽게 되는 훌륭한 책을 좋아했다. 이런 것을 즐기기 위해서 영원히 살고 싶었다.

변하고 싶은 이유를 좀 더 자세히 알고 싶어서 그녀는 어느 날 존재의 표시들을 지우기로 결심했다. 작은 여행 가방 하나만 빼고 모든 걸 버리거나 치워버렸다. 수녀처럼 고독 속에 파묻혀 살며 견디기 힘든 일에 대면하고 싶었다. 친구들에게, 가족에게, 자신을 사랑해주는 남자에게 잠시 떠나 있겠다고 말했다.

그녀는 아는 사람도 없고, 언어도 모르고, 너무 덥지도 너무 춥지도 않은 도시를 선택했다. 가능한 가장 단출하게, 모두 검은색으로 옷가지를 챙겼다. 원피스 한 벌, 신발 한 켤레, 작은 단추가 다섯 개 달린 가볍고 부드러운 모 스웨터 하나.

낯선 도시에 도착했을 때는 계절이 바뀌고 있었다. 양지는 더웠고, 음지는 추웠다. 그녀는 방 하나를 얻었다. 몇 시간을 걸으며 정처 없이 말없이 돌아다녔다. 도시는 작았고 쾌적했지만 개성도 없고 관광객들도 없었다. 도시의 소음을 듣고 사람들을 관찰했다. 누구는 서둘러 직장으로 출근했고, 누구는 책이나 휴대폰을 들고 그녀처럼 책이나 벤치에 앉아 햇볕을 쬈다. 그녀는 배가 고플 때면 벤치에 앉아 뭔가를 먹었다. 그것도 지칠 땐 영화를 보러 영화관에 갔다.

낮이 짧아지면서 금방 날이 어두워졌다. 나무들에 천천히 단풍이 들며 낙엽이 떨어졌다. 번역가도 머릿속이 비어 갔다. 존재는 한결 가볍게 느껴지고 이름 없는 사람이 된 것 같았다. 그녀는 자신이 낙엽이라고, 땅에 떨어진 숱한 낙엽 가운데 하나라고 생각했다.

이 작은 책은 언제나 나보다 크다

밤에는 잠이 잘 왔다. 아침에는 불안감 없이 눈을 떴다. 미래도, 삶의 지난 자취도 생각하지 않았다. 그림자 없는 사람처럼 시간 속에 정지돼 있었다. 하지만 살아 있었다. 그 어느 때보다 더 살아 있다고 느꼈다.

비가 오고 바람이 부는 어느 궂은 날 돌로 지어진 건물의 처마 아래로 몸을 피했다. 비가 억수같이 쏟아졌다. 우산도 없고 모자도 쓰지 않았다. 비가 뚜뚜뚜 하염없이 소리를 내며 보도를 때렸다. 그녀는 빗물이 흘러가는 여정, 구름에서 떨어져 땅속으로 스며들어가 강을 채우고 결국 바다로 흘러들어가는 그 여정을 생각했다.

거리에 물웅덩이들이 생겼다. 그녀 맞은편 건물 정면은 비에 젖어 읽을 수 없게 된 게시물들이 덕지덕지 붙어 있었다. 그녀는 여인들 여럿이 건물 정문으로 들어가고 나오는 걸 봤다. 때때로 여인들은 혼자 오기도 하고 몇 명씩 무리지어 오기도 했는데 모두 초인종을 누르고 들어갔다. 번역가는 호기심이 생겨 여인들을 따라가보기로 결심했다.

정문을 지나 안뜰을 통과해야 했다. 천장 없는 방에 비가 내리는 것처럼 빗물은 안뜰에 갇혀 있었다. 비에 몸이 젖더라도 잠시 발길을 멈추고 하늘을 바라봤다. 안뜰을 지

나자 다소 울퉁불퉁한 검은 계단이 나왔다. 여인들 몇 명이 계단을 내려오기도 하고 올라가기도 했다.

얼굴에 주름살이 많았지만 아직은 아름다운 키가 크고 마른 여인이 층계참에 서 있었다. 밝은색 짧은 머리에 검은 옷을 입었다. 옷은 투명했고 특정한 모양이 없었으며, 소매는 날개처럼 길고 환히 내비쳤다. 이 여인은 두 팔을 활짝 벌려 다른 여인들을 반가이 맞이했다.

"어서들 오세요, 볼 만한 것들이 많아요."

집 안으로 들어가자 번역가는 다른 여인들처럼 복도에 있는 긴 테이블 위에 가방을 내려놨다. 복도를 지나 커다란 응접실이 나왔다. 벽 옆 옷걸이에 검은 옷들이 줄지어 잔뜩 걸려 있었다.

옷은 마치 차렷 자세의 생명 없는 군인들 같았다. 응접실 다른 편에 소파, 불 켜진 초, 테이블이 있었고, 테이블 중앙에 과일과 치즈 초콜릿 케이크가 놓여 있었다. 한쪽 구석에 놓인 세 부분으로 나뉜 높다란 거울로 다른 각도에서 자신의 모습을 볼 수 있었다.

이 검은색 옷들을 디자인한 여주인은 소파에 앉아 담배를 피우며 담소를 나누고 있었다. 현지어를 완벽하게 구사했지만 억양이 달랐다. 여주인은 번역가와 마찬가지로 외국인이었다.

"여러분, 어서 오세요. 자, 다과 좀 드시고 둘러보시다가 입어보세요."

몇몇 여자는 벌써 입고 온 옷을 벗고 검은 옷으로 갈아입으며 다른 여자들에게 의견을 물었다. 여인들의 팔, 다리, 엉덩이, 허리 들이 드러났다. 몸매가 가지각색이었다. 모두 서로 아는 사이인 듯했다.

번역가는 스웨터를 비롯한 옷을 벗었다. 그러고는 마치 숙제라도 하듯 자신의 치수에 맞는 옷을 하나씩 주섬주섬 입어보기 시작했다. 바지, 윗옷, 치마, 셔츠, 원피스. 모두 부드럽고 가벼운 천으로 만든 검은색 옷들이었다.

"여행할 때 입으면 좋은 옷들이에요, 편안하고 세련되고 다양하게 활용이 가능해요. 찬물로 손세탁해도 되죠. 구겨지지도 않아요." 여주인이 말했다.

다른 여인들은 그 말에 동감했다. 여인들은 이젠 여주인이 디자인한 옷만 입는다고 말했다. 개인적인 초대를 받아야만 그곳 디자이너의 집에 출입할 수 있었다. 은밀하고 비밀스럽고 파티 같은 이런 식으로만 말이다.

번역가는 거울 앞에 섰다. 자신의 모습을 살폈다. 하지만 관심이 다른 데로 쏠렸다. 거울 뒤, 복도 끝에 또 다른 여인이 있었다. 그녀는 다른 여인들과 달랐다. 테이블에서 입에 바늘을 문 채 다림질을 하고 있었다. 눈은 퀭하고 얼굴에는 수심이 가득했다.

옷은 우아하게 잘 만들어졌다. 비록 옷이 잘 어울렸지만 번역가는 마음에 들지 않았다. 마지막 옷을 입어본 후 그냥 나가기로 했다. 그 옷을 입으니 자신 같지 않았다. 옷을 사고 싶지는 않았다. 아니 더는 어느 것도 쌓아두고 싶지 않았다.

여기저기 바닥에, 소파에, 안락의자에, 옷 더미가 쌓여 있어 검은색 웅덩이 같았다. 번역가는 잠시 옷을 뒤지며 입고 왔던 자신의 옷을 찾았다. 하지만 검은색 스웨터가 없었다. 옷 더미를 모두 찾았지만 스웨터는 찾을 수 없었다.

응접실에는 여인들이 거의 빠져나갔다. 번역가가 자신의 스웨터를 찾는 동안 여인들 대부분이 돌아갔다. 여주인은 한 명 남은 여인에게 영수증을 만들어주고 있었다. 이제 번역가만 남았다.

여주인은 이제야 처음 번역가의 존재를 알았다는 듯한

눈길로 바라보았다.

"뭘 사실 건가요?"

"아니요. 스웨터, 제 스웨터가 없네요."

"색깔이 뭐죠?"

"검은색이요."

"아, 유감이군요."

여주인은 거울 뒤에 있는 여인을 불렀다. 바닥에 널려 있는 옷가지들을 모아서 모두 제자리에 갖다 놓으라고 했다.

"이 손님이 입고 왔던 검은색 스웨터가 없대."

여주인이 말했다. 그러면서 내게 물었다.

"처음 뵙는 분이시네요. 어떻게 우리 집을 찾아온 거죠?"

"밖에 있다가 다른 여자들을 따라왔어요. 여기가 어떤 곳인지는 몰랐어요."

"옷이 마음에 들지 않나요?"

"마음에 들지만 제겐 필요가 없어서요."

"어디서 오셨나요?"

"여기 출신은 아니에요."

"저도요. 배가 고프신가요? 포도주 좀 드시겠어요? 과일은요?"

"괜찮습니다. 감사해요."

"실례할게요."

여주인을 위해 일하는 여인이 말했다. 여인은 번역가에게 옷을 하나 보여주었다.

"여기 있습니다. 숨어 있었네요, 손님의 스웨터를 찾았습니다."

여주인이 말했다.

번역가가 스웨터를 건네받았다. 하지만 스웨터를 입어보지 않고서도 그것이 자신의 옷이 아니라는 사실을 단박에 알았다. 낯선 옷이었다. 양털이 좀 더 거칠었고 검은색이 덜 진했으며 치수도 좀 달랐다. 스웨터를 입어보고 거울에 비춰보자 자신의 옷이 아니라는 게 확실해졌다.

"이건 제 옷이 아니에요."

"무슨 말이죠?"

"제 것과 비슷하지만 이건 아니에요. 이 스웨터는 제 것이 아니에요. 저한테 맞지 않아요."

"하지만 틀림없이 손님 거예요. 도와주시는 분이 모두 정리했어요. 바닥에 남아 있는 옷이 없어요, 소파에도 없고요, 보세요."

이 작은 책은 언제나 나보다 크다

번역가는 남의 스웨터를 받아 가고 싶지 않았다. 그 스웨터가 소름이 돋을 정도로 싫었다.

"이건 제 것이 아니에요. 제 것이 없어졌어요."

"어떻게요?"

"다른 손님이 모르고 가져갔나 봐요. 바뀌었을지도요. 혹시 이것과 같은 스웨터를 입고 온 손님이 있었나요?"

"기억이 나질 않아요. 좋아요, 확인해볼게요, 기다려주세요."

여주인이 다시 소파에 앉았다. 담배에 불을 붙였다. 이윽고 연이어 전화를 걸었다. 전화 건 여자들에게 일일이 일어났던 일을 설명했다. 몇 마디 나누고 전화를 끊었다.

번역가는 기다렸다. 그들 가운데 누군가가 자신의 스웨터를 가져갔고, 자신에게 남겨진 스웨터는 다른 여자의 것이라고 믿었다.

여주인이 전화기를 내려놓았다.

"유감이네요, 손님. 모든 분들에게 물어봤어요. 오늘 검은색 스웨터를 입고 우리 집에 온 분이 아무도 없네요. 손님뿐이에요."

"하지만 이건 제 스웨터가 아니에요."

번역가는 자신의 스웨터가 아니라고 믿었다. 동시에 그녀를 야금야금 갉아서 모두 없애고 흔적조차 남기지 않는 무시무시한 불안감이 들었다.

"와주셔서 감사합니다, 안녕히 가세요."

여주인이 말했다. 그녀는 더는 아무 말도 하지 않았다.

번역가는 혼란스러웠고 공허했다. 자신의 또 다른 모습을 찾아, 또 다른 변화를 찾아 이 도시에 왔다. 하지만 자신의 정체성이 끈질기게 달라붙어 있다는 사실을 깨달았다. 그건 뽑아버릴 수 없는 뿌리, 사방이 꽉 막힌 감옥 같았다.

번역가는 거울 뒤 테이블에서 일하고 있던 여자와 복도에서라도 인사를 나누고 싶었다. 하지만 그녀의 모습이 보이지 않았다.

번역가는 실망한 채 집으로 돌아왔다. 여전히 비가 오고 있었기 때문에 남의 스웨터를 입어야 했다. 그날 밤 그녀는 끼니를 거르고 잠이 들었고 꿈도 꾸지 않았다.

다음 날 눈을 떴을 때 검은색 스웨터가 방 구석자리 의자에 놓여 있는 걸 봤다. 스웨터가 다시 친숙하게 느껴졌다. 그녀는 자신의 스웨터라는 걸 알았다. 전날 그녀의 반응, 두 여인 앞에서 보여줬던 장면은 완전히 터무니없는 촌극이었다.

하지만 이 스웨터는 이제 더는 예전과 같은 스웨터, 그녀가 찾던 그 스웨터가 아닌 듯했다. 스웨터를 봤을 때 더는 몸서리쳐지지 않았다. 아니 스웨터를 입어보자 그전보다 더 마음에 들었다. 잃어버린 스웨터를 다시 찾고 싶지도 보고 싶지도 않았다. 스웨터를 입자 이제 그녀도 다른 사람이었다.

부서지기 쉬운 피난처

이탈리아어로 글을 읽을 땐 내가 손님, 여행자가 된 느낌이다. 그럼에도 내가 하는 일이 받아들여야 할 타당한 숙제 같다.

이탈리아어로 글을 쓸 때 난 내가 침입자, 사기꾼같이 느껴진다. 이탈리아어 글은 내겐 어색한 억지 숙제 같다. 경계를 넘어가 길을 잃고 도망치는 느낌이다. 완전히 이방인이 된 기분이다.

영어를 포기했을 때 난 내가 믿는 권위를 포기한 것이다. 난 확신 없이 흔들리고 있다. 나는 미약하다.

내가 의지하고 작가로서 명성을 안겨다준 주된 언어에서 멀어져 이탈리아어에게로 가고픈 충동이 어디서 생겼을까?

작가가 되기 전 난 명확하고 분명한 정체성을 가지지 못
했다. 글쓰기를 통해 자아를 실현할 수 있었다. 하지만 이
탈리아어로 글을 쓸 때 난 그런 느낌을 받지 못한다.

자신에 대한 믿음과 권위 없이 글을 쓴다는 것이 무엇을
의미할까? 나 자신을 신뢰하지 못하는데 작가라고 스스로
말할 수 있을까?

이탈리아어로 글을 쓸 때는 구속받고 제한받는데도 왜
더 자유롭다고 느끼는 걸까?

아마 이탈리아어에서는 불완전할 자유를 얻었기 때문이
리라.

왜 불완전하고 빈약한 이 새로운 목소리에서 매력을 느
끼는 걸까? 이렇게 부서지기 쉬운 피난처에서 노숙자나 다
름없이 살기 위해 훌륭한 저택을 포기한다는 것이 무엇을
의미하는 걸까?

창작이라는 관점에서 봤을 때 안정감만큼 위험한 것은
없기 때문이리라.

자유와 제한 사이에 어떤 관계가 있을까 나 자신에게 묻
는다. 왜 감옥이 천국과 다름없을 수 있는지 나 자신에게

묻는다.

최근에 읽은 조반니 베르가의 글 몇 줄이 떠오른다.

"자유를 경험해보지 않았는데, 이 담벼락 너머 온갖 기쁨의 뜨거운 열정을 가슴속에서 느끼지 못하는데 이 땅 한 뙈기, 하늘 한 조각, 화분 하나로 세상의 온갖 행복을 과연 즐길 수 있을까!"

이 말을 한 건 『검은머리꾀꼬리의 이야기』의 주인공, 외출하지 못하고 수녀원에 갇혀 지내며 들판과 빛과 공기를 꿈꾸는 한 수련수녀다.

이 순간 난 울타리를 원한다. 이탈리아어로 글을 쓸 때 난 하늘 한 조각이면 충분하다.

새로운 언어로 글을 쓰고 싶은 욕구는 절망에서 온 것이라 생각한다. 난 베르가의 검은머리꾀꼬리처럼 번민한다. 그녀처럼 난 다른 것, 내가 바라서는 안 될 것을 바란다. 하지만 글을 쓰고 싶은 욕구는 희망뿐만 아니라 절망에서도 나오는 것이다.

글을 쓰는 언어를 깊이 이해해야 한다는 걸 안다. 내가 이탈리아어를 자유자재로 사용할 능력이 되지 않는다는 걸 안다. 내 이탈리아어 글쓰기는 덜 영글고 성급하고 늘

근사치에 불과하다는 걸 안다. 난 용서를 구하고 싶다. 내 이 충동이 어디서 생겼는지 설명하고 싶다.

나는 왜 글을 쓸까? 존재의 신비를 탐구하기 위해서다. 나 자신을 견뎌내기 위해서다. 내 밖에 있는 모든 것에 가까이 다가가기 위해서다.

나를 자극한 것, 날 혼란에 빠뜨리고 불안하게 하는 것, 간단히 말해 나를 반응하게 만드는 모든 것을 이해하고 싶을 때 그걸 말로 표현해야 한다. 글쓰기는 삶을 흡수하고 정리하는 내 유일한 방법이다. 그렇지 못하면 난 당황하고 혼란에 빠진다.

말로 표현되지 못한 채 지나가는 것, 글쓰기의 용광로에서 변형되지 못한 채 다시 말해 순화되지 못한 채 지나가는 것은 내겐 아무런 의미가 없다. 계속 지속되는 말들만이 실제인 듯하다. 실제 하는 말들은 우리보다 높은 가치, 힘이 있다.

나는 글쓰기를 통해 모든 것을 해석하려 하기 때문에 이탈리아어로 글을 쓰는 것은 더 심오하고 자극적인 형식으로 언어를 익히고자 하는 내 방법일 뿐이다.

어렸을 때부터 나는 내 말에만 속했다. 난 나라도, 확실한 문화도 없다. 난 글을 쓰지 않으면, 말로 일하지 않으면, 이 땅에 존재한다고 느끼지 못하는 것 같다.

말은 무엇을 의미할까? 그리고 삶은? 결국 같은 것이리라. 말이 여러 측면과 색조를 갖고 있고 그래서 복합적인 특성을 갖고 있듯 사람도 인생도 마찬가지다. 언어는 거울, 중요한 은유다. 결국 말의 의미는 사람의 의미처럼 측정할 수 없고 형언할 수 없는 것이기 때문이다.

이 작은 책은 언제나 나보다 크다

불가능

잡지 〈누오비 아르고멘티〉에서 소설가 카를로스 푸엔테스의 인터뷰를 읽다가 이런 글을 발견했다.

"어떤 봉우리 정상에는 절대 도달할 수 없으리라는 사실을 안다는 건 아주 유용하다."

푸엔테스는 절대 도달할 수 없는 몇몇 문학 걸작들, 예를 들어 『돈키호테』 같은 천재적인 작품을 두고 한 말이다. 이런 정상의 봉우리는 작가에게 두 가지 중요한 역할을 한다. 완벽을 향해 나아가도록 해주기도 하고 우리의 평범함을 다시금 깨닫게 해준다.

작가인 나는 어떤 언어로 글을 쓰든 위대한 거장들을 염두에 둬야 한다. 거장들에 비해 나의 작품은 어느 정도

수준인지 인정해야 한다. 나는 세르반테스나 단테나 셰익스피어처럼 글을 쓸 수 없다는 걸 알지만, 어쨌든 글을 쓴다. 이런 거장들이 불러일으킬 수 있는 불안을 나는 다스려야 한다.

이탈리아어로 글을 쓰는 지금 나는 푸엔테스의 생각을 좀 더 피부로 느낀다. 내게 영감을 주는 동시에 내 공간을 앗아가버린 봉우리 정상에 도달할 수 없다는 사실을 받아들여야 한다. 이제 정상은 나보다 더 훌륭한 작가의 작품이 아니라 언어의 심장부 그 자체다. 내가 분명 언어의 심장부 안에 있을 수 없으리라는 걸 알지만 난 글쓰기를 통해 그곳에 도달하려 애쓴다.

내가 흐름을 거스르는 건 아닌지 나 자신에게 묻는다. 난 모든 것이 가능한 시대, 누구도 한계를 받아들이고 싶어하지 않는 시대에 살고 있다. 우리는 순식간에 메시지를 보낼 수 있고, 세상 한쪽 끝에서 다른 쪽 끝까지 하루 만에 갈 수 있다. 우리 옆에 없는 사람의 얼굴을 또렷하게 볼 수도 있다. 기술 발달 덕분에 기다림도 거리도 없다. 바로 이 때문에 세상이 과거에 비해 더 작아졌다고 말할 수 있다. 우리는 항상 연결되어 있고 서로에게 닿을 수 있다. 기술은 과거 어느 때보다도 지금 먼 거리를 거부한다.

하지만 이탈리아어 글을 쓰겠다는 내 계획은 언어 사이의 거대한 거리를 날카롭게 인식하게 해준다. 외국어는 완전히 분리된 다른 언어일 수 있다. 너무나 잔혹한 우리의 무지를 보여줄 수 있다. 새로운 언어로 글을 쓰고 새로운 언어의 심장부로 들어가는 데 기술 발달은 도움이 되지 않는다. 과정을 가속할 수도, 단축할 수도 없다. 그 길은 느리고 불안하고 지름길이 없다. 새로운 언어를 알면 알수록 혼란스럽게 엉켜든다. 가까이 가면 갈수록 멀어진다. 나와 이탈리아어 사이의 거리는 지금도 극복할 수 없다. 겨우 두 걸음 나아가는 데 내 인생 절반이 소요됐다시피 했다. 여기까지 오는 데만 말이다.

이런 의미에서 내가 건너고 싶었고 깊은 성찰의 물꼬를 튼 작은 호수의 은유는 틀렸다. 사실 언어는 작은 호수가 아니라 넓은 바다다. 두렵고 신비한 요소, 내가 고개를 숙여야 하는 자연의 힘이다.

이탈리아어에서 난 다양하게 볼 수 있는 능력이 부족하다. 날 도와줄 수 있는 거리가 없다. 날 방해하는 거리만 있을 뿐이다.

풍경을 전체적으로 조망하기가 불가능하다. 어떤 길로 가야 할지 어떤 방법으로 가야 할지만 생각한다. 지금까지 나는 어떤 과정을 너무 믿었고 지나치게 의존했던 것 같다. 마치 매일 산책하는 동안 익숙하게 봐왔던 나무들처럼 어떤 단어, 어떤 구문을 인식했다. 결국 난 참호 안에서 글을 썼다.

내가 여러 나라와 문화의 가장자리에서 늘 살아왔듯 그렇게 난 가장자리에서 글을 쓴다. 주변부에서 뿌리를 단단히 내린 느낌은 들지 않지만 이젠 나름 편안하다. 어쨌든 내가 속해 있다고 생각하는 유일한 곳이다.

나는 이탈리아어 언저리를 에둘러 갈 수 있지만 언어의 안쪽 땅으론 들어가지 못한다. 비밀 통로, 숨어 있는 층. 감춰진 측면, 지하 부분은 보지 못한다.

티볼리 빌라 아드리아나에 거대한 도로망이 있다. 지하에 위치한 이 인상적이고 커다란 도로의 복잡한 통로는 상품, 하인, 노예 들을 이동시키기 위해 만든 것이다. 황제와 민중을 구분하기 위한 것이었다. 피부가 신체의 추하지만 중요한 활동을 모두 숨기는 것처럼, 이 통로는 이곳의 진짜 소란스러운 삶을 숨기기 위한 것이다.

티볼리에서 나는 이탈리아어로 글을 쓰고자 하는 내 계획의 성격을 이해했다. 오늘날 빌라 아드리아나를 방문하는 사람들처럼, 거의 2천 년 전 아드리아누스 황제처럼, 나는 지상의 출입 가능한 부분을 걸어 다닌다. 하지만 작가로서 나는 언어가 뼈 속에, 골수에 있다는 걸 안다. 언어의 진정한 생명력, 본질은 거기에 있다.

다시 푸엔테스 이야기로 돌아간다. 나는 그의 말에 동의한다. 불가능을 인식한다는 게 창조적 충동에 중요하다고 생각한다. 도달할 수 없을 듯한 모든 것 앞에서 나는 경이로움을 느낀다. 사물에 대해 경이로움과 놀라움을 느끼지 않고는 그 무엇도 창작할 수 없다.

나와 이탈리아어 사이의 거리를 채울 수 있다면 난 더는 이 언어로 글을 쓰지 않을 것이다.

베네치아

몽환적 분위기의 이 불안한 도시에서 나는 이탈리아어와 내 관계를 이해하는 새로운 방법을 찾아냈다. 방향을 분간하기 어려운 베네치아의 세분화된 지형은 또 다른 열쇠를 주었다.

그건 바로 다리와 운하 사이의 대화다. 물과 육지 사이의 대화다. 분리와 연결 상태를 표현하는 대화다.

베네치아에서는 수많은 육교를 건너지 않고는 이동할 수가 없었다. 처음에는 거의 2분마다 다리를 건너야 하는 게 힘들었다. 버거운 낯선 여정 같았다. 하지만 얼마 지나지 않아 익숙해졌다. 천천히 이 여정은 마음을 끌었다. 난 운하를 올라갔다가 반대편으로 내려왔다. 베네치아를 건는다는 것은 셀 수 없이 많이 이 행동을 되풀이한다는 의미다. 다리 중간에 서면 이쪽도 저쪽도 아닌 곳에 걸쳐 있다. 다른 언어로 쓴다는 건 그런 종류의 여정과 비슷하다.

내 이탈리아어 글쓰기는 다리처럼 그렇게 만들어졌고 부서지기 쉬운 어떤 것이다. 어느 순간 무너져 내려 날 위험에 처하게 할지 모른다. 영어가 발아래로 흘러간다. 애써 피하려 해보지만 영어는 부정할 수 없는 존재라는 걸 깨달았다. 영어는 베네치아에서의 물처럼 가장 강력한 자연적인 요소, 호시탐탐 날 삼키려 위협하는 요소다. 역설적이게도 나는 영어에 빠져도 문제없이 살아남을 수 있고 결코 익사하지 않을 거다. 하지만 물과 접촉하지 않으려 나는 다리를 만들었다.

베네치아에서 거의 모든 요소들이 뒤바뀌었다는 사실을 깨달았다. 실제 존재하는 것과 환상, 환영인 듯 보이는 것을 구분하기 어려웠다. 모든 것이 불안정하고 변하기 쉬운 것처럼 보였다. 길은 단단하지 않았다. 집은 물에 떠 있는 것 같았다. 안개로 인해 건축물은 보이지 않았다. 수위가 높아진 물이 광장을 침수시키기도 했다. 운하는 존재하지 않는 도시의 모습을 비추었다.

베네치아에서 내가 느낀 당혹감은 이탈리아어로 글을 쓸 때 경험한 감정과 비슷했다. 시내 지도가 있음에도 길을 잃었다. 미로 같은 베네치아의 길이 시내 지도를 무색하게 만들듯 이탈리아어는 문법을 무색하게 만들었다. 베네치아를 걷는 건 이탈리아어로 글을 쓰는 것처럼 의표를 찔리는 경험이었다. 결국 항복해야 했다. 글을 쓰는 동안 나는 수없이 막다른 골목, 빠져나와야 할 좁은 모퉁이에 부딪혔다. 어떤 길은 포기해야 했다. 계속 날 수정해야 했다. 베네치아에서처럼 그렇게 이탈리아어에서도 숨이 막히고 혼란스러운 순간들이 있었다. 돌아다니다 보면 예상치 않은 순간 조용하고 화려하게 빛나는 외딴 장소에 와 있었다.

시간이 흐르고 베네치아는 점점 더 날 당혹시키면서도 내 마음에 와 닿았다. 저항할 수 없는 매력에 빠졌고, 부서지기 쉬운 삶의 연약함에 압도됐다. 난 사라져버릴 것 같은 아름다운 꿈에 휩싸였다. 삶보다 더 생생한 꿈이었다. 다리 위를 거듭 지나가는 건 우리 모두가 땅에서 태어나 죽을 때까지 걸어온 그 여정을 다시 생각나게 했다. 때때로 어떤 다리를 건너면서 나는 이미 저세상에 와 있는 건 아닐까 두려웠다.

이탈리아어로 글을 쓸 때 난 이탈리아어를 사랑함에도 언제나 똑같은 불안을 느꼈다. 내가 지금 내딛는 이 걸음이 허공으로 뛰어드는 것, 나 자신의 전환인 듯했다. 대운하 수면에 반사되어 흔들리는 건물 그림자처럼 내 이탈리아어 글쓰기는 감지하기 어려운 것인 듯하다. 안개처럼 부옇다. 나와 이탈리아어 사이에 놓인 다리가 결국 존재하지 않을까봐 두렵다. 완전한 환상으로 남을까봐 두렵다.

하지만 베네치아나 종이 위에서나 다리는 새로운 차원으로 이동하고, 영어를 넘어 다른 곳으로 가는 유일한 방법이다. 내가 이탈리아어로 쓴 문장은 모두 내가 만들어 건너야 할 작은 다리다. 계속 설명할 수 없는 충동에 이끌려 난 망설이며 다리를 만든다. 다리가 그렇듯 모든 문장은 이쪽에서 저쪽으로 날 데려간다. 낯설지만 멋진 여정이다. 새로운 흐름이다. 이제 나는 거의 익숙해졌다.

불완료과거

    나는 이탈리아어에서 아주 많은 문제들에 계속 대면한다. 예를 들어 전치사 사용이 그렇다. 벽에(alla parete), 땅에서(per terra), 신발가게에서(dal calzolaio), 신문가판대에서(in edicola). 전치사를 복습하기 위해 노트나 수첩에 메모를 해놓기도 한다. 난 외국인 학생을 도와줄 지침서를 가지고 있다. 다음과 같은 유형의 전치사 연습 문제들이 들어 있다. "Mettiti (⋯) miei panni e prova (⋯) vedere la situazione (⋯) i miei occhi(내 입장이 돼서 내 시각에서 상황을 보려 해봐)." 나는 이런 연습 문제가 마음에 들지 않지만 그래도 문제를 푼다. 이탈리아어를 내 것으로 만들고 싶으면 다른 방법이 없기 때문이다. 뭣보다 나는 이 빈칸을 완벽하게 채울 수 없다. 전치사를 재미있게 잘 배우려면 알베르토 모라비아의 소설에 나오는 이런 놀라운 문장이면 된다. "우리는 눈발이 흩날리는 가운데 햇살이 내비치는 광장으로 마침내 빠져나왔다. 난간 앞으로 그동안 보이지 않던 확 트인 풍경의 빛이 나타났다(Sbucammo finalmente su una piazza al sole, in un venticello frizzante da neve, davanti un parapetto oltre il quale non c'era che la luce di un grande panorama che non si vedeva)."

또 다른 골치 아픈 문제는 관사 사용이다. 언제 관사를 사용하고 언제 붙이지 않는지 명확히 이해되지 않는다. 왜 '바람이 분다(c'è vento)'라고 말할 때는 관사를 떼고 '햇살이 비친다(c'è il sole)'라고 말할 때는 관사를 붙이는 걸까? 영혼상태(uno stato d'animo)와 쇼핑가방(una busta della spesa), 열풍이 부는 나날(giorni di scirocco), 수평선 자락(la linea dell'orizzonte) 사이에 관사 차이를 이해하기 위해 고군분투했다. 관사가 필요 없을 때 관사를 붙이는 실수를 계속했다. 예를 들어 '우리는 영화에 대해 말한다(parliamo del cinema)' '난 길을 바꾸기 위해 이탈리아에 왔다(sono venuta in Italia per cambiare la strada)'처럼.

하지만 비토리니의 작품을 읽으면서 나는 '이것들은 거짓말이다(queste sono fandonie)'라고 말한다는 걸 배웠다. 길거리 광고판 덕분에 '쾌락은 한계가 없다(il piacere non ha limiti)'는 표현을 배웠다.

게다가 한계를 나타내는 단어 'limite'와 'limitazione', 기능을 나타내는 단어 'funzione'와 'funzionamento', 수정을 나타내는 단어 'modifica'와 'modificazione' 사이의 차이를 잘 모르겠다. 어떤 단어들은 서로 비슷해서 혼동을 일으킨다. '압박하다(schiacciare)'와 '추방하다(scacciare)', '떼어내다(spiccare)'와 '분리하다(spicciare)', '목소리가 쉰(fioco)'과 '장식술(fiocco)', '무리, 떼(crocchio)'와 '교차로(crocicchio)'. 지금도 '이미(già)'와 '방금(appena)'을 혼동한다.

때때로 두 가지를 비교할 때 나는 헷갈린다. 노트에 그런 종류의 비교급 문장이 잔뜩 적혀 있다. 이 소설 2부보다 1부가 더 마음에 들지 않는다(Di questo romanzo mi piace più la prima parte della seconda). 나는 이탈리아어보다 영어를 더 잘 말한다(Parlo l'inglese meglio dell' italiano). 나는 뉴욕보다 로마를 더 좋아한다(Preferisco

Roma a New York). 팔레르모보다 런던이 비가 더 많이 온다(Piove più a Londra che a Palermo).

외국어를 완벽하게 알기란 불가능하다는 걸 안다. 그래도 이탈리아어에서 내가 좀 더 혼동을 느끼는 건 근과거와 불완료과거의 사용이다. 아주 단순한 것일 수도 있지만 어떤 이유에서인지 나에겐 단순하지가 않다. 근과거와 불완료과거를 선택해야 할 때 어떤 것이 맞는지 모르겠다. 눈앞에 갈림길이 보이자 발걸음이 느려지고 앞이 꽉 막히는 기분이다. 난 의심에 휩싸인다. 공포심이 든다. 그 차이를 본능적으로 직감하지 못하겠다. 마치 잠시 근시가 된 것 같다.

로마에서 매일 이탈리아어로 말하게 돼서야 나는 이 암초를 생각하게 됐다. 친구들의 말을 들으면서, 이탈리아어 선생님에게 뭔가를 설명하면서 그 암초를 느꼈다. '적혀 있었다(c'era scritto)'라고 불완료과거로 말해야 할 때 나는 'c'è stato scritto'라고 근과거를 사용했다. '어려웠다(è stato difficile)'라고 근과거를 사용해야 할 때 'era difficile'라고 반과거를 사용했다. 특히 'era'와 'è stato'가 헷갈렸다. 중요한 동사인 'essere' 동사의 두 얼굴이다. 로마에서 거의 일 년 동안 두 가지 사용법이 헷갈려서 울분까지 느꼈다.

이탈리아어 선생님이 내게 몇 가지 도움말을 주었다. 배경과 중심 행동. 액자와 그림. 직선과 구불구불한 선. 상황과 사실.

'열쇠가 탁자 위에 있었다(la chiave era sul tavolo)'라고 말한다. 이 경우는 직선, 상황이다. 하지만 내가 보기엔 사실, 탁자 위에 열쇠가 있다는 사실 같기도 했다.

'우리는 잘 지냈다(siamo stati bene)'라고 말한다. 이건 직선, 확실함을 담은 조건이다. 하지만 내가 보기엔 상황 같기도 했다.

그런 혼동은 오래된 성당이나 건물의 바닥에 있을 때처럼 시각적인 착시, 기하학적인 원인을 연상시킨다. 세 가지 색깔의 작은 입방체들, 단순하지만 복잡해서 눈을 속이는 그림 같다. 이런 착시 효과는 놀랍고, 약간 혼란스럽다. 보는 시각이 변하고, 그 때문에 두 가지 형식, 두 가지 가능성이 동시에 보인다.

단서를 찾다가 나는 '늘(sempre)'과 '결코(mai)' 같은 부사가 근과거와 자주 사용된다는 걸 알았다. 예를 들어 '나

는 늘 혼란스러웠다(sono stata sempre confusa)' 혹은
'나는 이것을 결코 흡수할 수 없었다(non sono mai stata
capace di assorbire questa cosa)'. 중요한 열쇠, 아마 규칙
이 될 만한 걸 발견했다고 생각했다. 그러다가 책을 넘기
던 중 나탈리아 긴츠부르그의 『그랬다』를 읽었다. 내게 또
다른 문제를 안겨준 제목이었다. "그는 날 사랑한다고 말
한 적이 결코 없었다 (…) 프란체스카는 늘 해줄 이야기들
이 많았다 (…) 나는 늘 우편을 기다렸다(Non mi diceva
mai che era innamorato di me (…) Francesca aveva
sempre tante cose da raccontare (…) Aspettavo sempre
la posta)." 규칙을 찾은 게 아니라 더욱 혼란스러워지기만
했다.

어느 날 마시모 카를로토의 소설 『세상에 더는 아무것
도, 아무것도 없다』를 읽고 나서 과거형 'essere' 동사의
사용법에 미친 듯이 밑줄을 그었다. 나는 모든 문장을 노
트에 적었다. "너는 달콤했어(Sei stato dolce)" "아직 돈이
있었다(C'era ancora la lira)" "젊어서부터 그랬다(È stato
così fin da quando era giovane)" "모든 게 좋아질 거라고
나는 확신했다(Ero certa che tutto sarebbe cambiato in

meglio)". 하지만 이런 노력이 소용없었다. 결국 나는 한 가지 사실을 배웠다. 문맥, 의도에 따라 다르다는 거였다.

이제 나는 불완료과거와 근과거의 차이가 예전처럼 그렇게 혼란스럽지 않다. 저녁 식사를 마치고 "멋진 저녁이었다(è stata una bella serata)"라고 말하지만, "비가 오기 전까진 멋진 저녁이었다(era una bella serata fino a quando non è piovuto)"라고 말한다는 걸 알았다. "일주일 동안 나는 그리스에 있었다(sono stata in Grecia per una settimana)"라고 말하지만, "그리스에 있었을 때 나는 아팠다(ero in Grecia quando mi sono ammalata)"라고 말한다는 걸 알았다. 불완료과거는 전제, 경계가 없는 시작도 끝도 없는 열린 행동을 언급한다는 걸 깨달았다. 불완료과거는 과거에서 일어난 불확실한 행동이다. 불완료과거와 근과거 사이의 관계는 이미 지나간 시간을 보다 분명하고 생생하게 만들기 위한 복잡하고 구체적인 체계다. 추상적인 것을 설명하고, 실재하지 않는 것을 이해하는 방법이다.

나는 불완료과거와 근과거의 연합이 아주 불완전하다고 느낀다. 부족하긴 하지만 그것이 운명인 듯하다. 나는 불완료과거와 동일한 점이 있다. 왜냐하면 내 인생이 불완전하기 때문이다. 난 결점이 많은 사람이라 늘 생각해왔기에 항상 날 향상시키고 개선하려 노력한다.

내 분열된 정체성 때문에, 아마 성격 때문에 난 불완전한, 다시 말해 결점이 많은 사람이라고 생각한다. 언어적인 원인 때문일 수 있다. 동일시하는 언어가 부족한 탓이다. 미국에 살던 어린 시절부터 나는 벵골어를 외국인 억양 없이 완벽하게 말하고자 했다. 부모님을 기쁘게 하고, 뭣보다 내가 완벽히 그분들의 딸이라는 사실을 느끼고 싶어서였다. 하지만 불가능했다. 한편 난 미국인으로 온전히 인정받기를 원했지만 내가 완벽하게 영어를 구사했음에도 그것은 가능하지 않았다. 뿌리를 박지 못하고 붕 떠 있었다. 난 두 가지 면이 있었고, 둘 다 불완전했다. 내가 느꼈던 불안, 간혹 지금도 느끼는 불안은 자신이 부족하다는, 실망스럽다는 느낌에서 온 것이다.

여기 이탈리아에서 난 지금 아주 잘 지내고 있지만 그 어느 때보다 불완전하다고 느낀다. 매일 말을 하면서, 이탈리아어로 글을 쓰면서 불완전과 맞부딪힌다. 이 애매모호한 선이 흔적을 남기며 어디든 날 따라온다. 날 배신하고 내가 이탈리아어에 뿌리를 내리지 못했다는 걸 보여준다.

성인이고 작가인 내가 왜 불완전과의 이 새로운 관계에 매력을 느끼는 걸까? 무엇이 날 이렇게 만든 걸까? 명확하게 이해가 될 때의 황홀감, 나 자신에 대한 보다 깊은 자각 때문이라고 말하고 싶다. 불완전은 발명, 상상력, 창조성에 실마리를 준다. 자극한다. 내가 불완전하다고 느낄수록 난 더욱 살아 있다는 느낌이 든다.

내 불완전을 잊기 위해, 삶의 배경으로 숨기 위해 어렸을 때부터 글을 써왔다. 어떤 의미에서 글쓰기는 불완전에 바치는 경의다. 사람처럼 책은 창작 기간에는 불완전하고 완성되지 않은 어떤 것이다. 임신 기간이 끝나면 사람은 태어나고 성장한다. 하지만 책은 쓰여지는 동안에만 살아 있다고 나는 생각한다. 적어도 내게 책은 다 씌어지고 나면 죽는다.

이 작은 책은 언제나 나보다 크다

털이 부숭부숭한 청소년

나는 카프리 문학 축제에 와달라는 초대장을 받았다. 영어권 작가들과 이탈리아 작가들이 만나는 자리였다. 바닷가 절벽에 면한 작은 광장에서 행사가 열렸다. 매년 축제는 주제가 있었고, 그 주제로 작가들이 토론을 벌였다. 그해의 축제 주제는 '승자와 패자'였다. 축제에 앞서 참가자들에게 이 테마로 짧은 글을 써달라는 요청이 왔다. 영어와 이탈리아어 소책자가 준비될 예정이었다. 나는 영어권 작가였기 때문에 영어로 글을 쓰고 이탈리아어로 번역해야 할 거라 다들 예상했다. 하지만 거의 일 년 전부터 나는 이탈리아어에 매료돼 영어 사용을 가능한 피하려 애써왔다. 나는 이탈리아어로 글을 썼고 영어 번역이 필요했다.

당연히 내가 번역을 하면 좋겠지만 그럴 마음이 전혀 없었다. 지금 이 순간 다시 영어로 돌아가는 건 내키지 않았다. 아니 두려웠다. 내키지 않는 심정을 털어놓자 남편이 말했다.

"당신 혼자 번역하는 게 좋겠어. 다른 사람이 옮기는 것보다 당신이 하는 게 좋아. 당신 뜻을 온전히 번역해내지 못할 위험이 있잖아."

남편의 충고를 따라 의무감을 가지고 결국 내가 직접 번역하기로 했다.

아주 쉬운 일일 거라 생각했다. 오르막길이 아니라 내리막길 같을 거라고. 그런데 번역 작업이 만만치 않은 걸 보고 놀랐다. 이탈리아어로 쓸 때 나는 이탈리아어로 생각한다. 영어로 번역하기 위해 난 다른 쪽 뇌를 일깨워야 했다. 그 느낌이 아주 싫었다. 몹시 낯설었다. 내가 진저리쳤던 옛 애인, 몇 년 전 헤어졌던 누군가를 우연히 만난 기분이었다. 더 이상 매력을 못 느끼는 사람을 말이다.

번역은 울림을 주지 못했다. 내 새로운 생각을 표현하지 못하는 무미건조하고 생기 없는 일 같았다. 그러면서도 영어의 풍요로움과 힘, 유연성에 압도당했다. 갑자기 미묘한 차이를 지닌 수많은 단어들이 머릿속에 떠올랐다. 문법은 튼튼했고 불확실함은 없었다. 사전 따위는 필요하지 않았다. 영어로는 기를 쓰고 오를 필요가 없었다. 이 해묵은 지식, 이 능숙함이 날 억압했다. 이처럼 장비를 잘 갖춘 이 작가는 누구일까? 난 그녀를 모르겠다.

나 자신이 미덥지 않았다. 나는 마지못해 꺼림칙해하며 이탈리아어를 번역했다.

이탈리아어에 비해 영어는 고압적이고 자신만만한 정복자 언어인 듯했다. 이젠 그 심술이 도를 넘었고 난폭하다는 인상을 받았다. 영어는 거의 일 년 전부터 무시당하고 있다고 느꼈던지 내게 반감을 보였다. 영어와 이탈리아어가 책상 위에서 서로 맞붙었지만 승자는 벌써 명백하다. 번역 글이 본래 텍스트를 잡아먹고, 그 위에 올라서고 있다. 이 치열한 싸움이 축제의 테마, 내 글 자체의 주제를 예시한다는 사실에 놀랐다.

이탈리아어를 지키고 싶다. 그래서 갓난아기처럼 이탈리아어를 품에 안았다. 품에 안고 쓰다듬고 싶다. 아기처럼 이탈리아어도 잠자고 먹고 커야 한다. 이탈리아어에 비해 영어는 다 큰 청소년, 털이 부숭부숭하고 냄새나는 청소년

같다. 저리 가, 난 영어에게 말하고 싶다. 네 동생을 귀찮게 하지 마, 자고 있잖아. 네 동생은 뛰어놀지 못해. 너처럼 독립적이고 아무 근심 없이 활기차게 뛰어놀 수 있는 소년이 아니라고.

이제 이탈리아어와 내 관계를 다른 식으로 설명해야겠다고, 새로운 은유를 가져와야겠다고 생각했다. 지금까지 나와 이탈리아어의 관계는 늘 낭만적인 것이었다. 번개를 맞은 것처럼 사랑에 빠진 관계였다. 이제 나 자신을 번역하면서 나는 내가 두 아이의 엄마라는 생각이 들었다. 이탈리아어에 대한 내 태도가 바뀌었다는 걸 깨달았다. 하지만 그 변화는 발전, 자연스러운 과정을 반영하는 것일 터다. 사랑의 형태가 바뀐 것이다. 사랑의 결합에서 새로운 세대가 태어난 것이다. 내 아이들에 대한 사랑이 점점 더 강렬해지고 순수해지고 초연해짐을 느낀다. 모성은 탯줄로 이어진 관계, 조건 없는 사랑, 단순한 끌림을 넘어 자신을 다 바칠 수 있는 헌신이다.

그 짧은 글을 영어로 번역하는 동안 나는 내가 둘로 쪼개지는 느낌이었다. 긴장을 늦출 수 없었고, 곡예사처럼 두 언어 사이를 가뿐히 왔다 갔다 할 수 없었다. 내가 동시에 다른 두 사람이 돼야 한다는, 그것이 내 인생의 불가피한 조건이라는 불쾌한 느낌이 들었다. 사뮈엘 베케트는 프랑스어에서 영어로 자기 자신을 번역했다. 내 이탈리아어 실력은 훨씬 더 모자르기 때문에 그건 불가능하다. 이 두 형제는 똑같지 않다. 내가 좋아하는 쪽은 작은아이다. 이탈리아어에 대해서라면 나는 중립을 지킬 수 없다.

영어로 번역하는 일을 나는 의무로밖에 생각하지 않았다. 영어가 중심을 향해 가는 과정임을 알았다. 어떤 신비도, 어떤 발견도, 내 밖에 있는 어떤 것과의 만남도 없다.

하지만 인정할 수밖에 없는 한 가지는 두 언어 형태 사이를 여행하는 건 유용했다는 점이다. 결국 번역하고자 하는 노력은 이탈리아어 버전을 더욱 명확하고 세밀하게 만들었다. 비록 작가를 당황시키기는 해도 글쓰기에 도움이 된다.

번역은 어떤 것을 읽는 가장 심오하고 친밀한 방법이라고 생각한다. 두 언어, 두 텍스트, 두 작가 사이에서 일어나는 참으로 아름답고 역동적인 만남이다. 분리이자 새로운 변화다. 과거에 나는 라틴어, 고대 그리스어, 벵골어를 번역하는 걸 좋아했다. 다른 언어에 가까이 다가가는 방법, 나와 멀리 떨어져 있는 작가들과 연결되어 있음을 느끼는 방법이었다. 아직 초보 수준인 언어로 나 자신을 번역하는 일은 똑같은 작업이 아니었다. 힘들게 이탈리아어로 글을 완성하고 나자 배에서 이제 막 내린 듯 피곤했지만 흥분이 됐다. 멈춰 앞으로의 진로를 정하고 싶었다. 너무 빨리 되돌아 들어가긴 싫었다. 그건 내가 패배자가 된 것 같고, 후퇴하는 것 같았다. 창조하는 게 아니라 파괴하는, 마치 자살과 같이 느껴졌다.

카프리에서 나는 이탈리아어로 내 글을 소개했다. 승리자와 패배자에 대한 글을 큰 목소리로 읽었다. 왼쪽에 파란색 영어 텍스트가, 오른쪽에 검은색 이탈리아어 텍스트가 보였다. 영어는 침묵했고 아주 조용했다. 인쇄되어 묶인 형제는 서로에게 너그러웠다. 적어도 잠시 동안은 휴전이었다.

글을 읽고 난 후 나는 두 이탈리아 작가와 대담했다. 옆에 통역사도 앉아 우리가 말하는 내용을 영어로 통역했다. 몇 문장을 말하고 내가 멈추면 통역사가 말을 옮겼다. 이 영어 메아리는 믿기지 않을 정도로 환상적인 일이었다. 완벽한 대담, 완전한 형세 역전이었다. 나는 놀랍고 감동스러웠다. 13년 전 만토바가 생각났다. 당시 난 통역사 없이 관중 앞에서 이탈리아어로 의사 표현을 할 수 없었다. 내가 이 목표에 도달하리라고는 상상도 못했다.

통역사의 말을 들으면서 나는 처음으로 내 이탈리아어를 신뢰하게 됐다. 비록 이탈리아어는 영원히 동생으로 남겠지만 그 허약한 동생이 난관을 무사히 벗어났다. 첫째 덕분에 난 둘째를 보고, 둘째 말을 듣고, 칭찬할 수 있게까지 됐다.

두 번째 추방

　로마에서 일 년을 지내고 난 후 난 미국에 돌아와 한 달 머물렀다. 돌아오자마자 이탈리아어가 그리웠다. 매일 이탈리아어를 말하고 들을 수 없다는 건 고통이었다. 식당이나 상점, 해변에 갔을 때 화가 오르기도 했다. 왜 사람들은 이탈리아어로 말하지 않는 걸까? 난 누구와도 얘기하고 싶지 않았다. 그리움이 사무쳤다.

　내가 로마에서 흡수했던 모든 것이 없어진 듯했다. 어머니 은유로 돌아가보자. 태어난 지 얼마 되지 않은 아이를 집에 놔두고 나와야 했던 내 경험이 떠올랐다. 당시 난 불안해 안절부절못했다. 아이와 떨어지는 이 짧은 순간이 흔한 일이었지만 죄책감을 느꼈다. 그때까지 하나로 묶여 있던 우리 몸이 독립적인 존재라는 사실을 이해하는 건 중요했다. 한데 지금 그때처럼 난 육체가 분리되는 고통스러운 감정을 생생히 마주하고 있다. 내 일부분이 더는 없는 것 같다.

거리감을 느꼈다. 날 짓누르는 참을 수 없는 침묵을 느꼈다.

날마다 점점 더 이탈리아어가 그리웠다. 내가 배웠던 모든 걸 벌써 잊지 않았을까 모든 게 헛수고가 될까 두려웠다. 어둠 속으로 단어들을 모조리 빨아들이는 무시무시한 회오리가 생각났다. 수첩에 떠나가는 행동을 가리키는 이탈리아어 동사 목록을 만들었다. 사라지다(scomparire), 소멸되다(svanire), 희미해지다(sbiadire), 엷어지다(sfumare), 끝나다(finire). 증발하다(evaporare), 증발하다(svaporare), 증발하다(svampire). 사라지다(perdersi), 없어지다(dileguarsi), 분해되다(dissolversi).

코드 곶에서 지내던 어느 오후 밀라노에서 한 여기자가 전화 인터뷰 요청을 해올 때까지 난 향수에 시달렸다. 전화벨이 울리기를 간절히 기다렸다. 하지만 여기자와 통화하는 동안 난 내 이탈리아어가 벌써 어설프게 들리지 않을까, 벌써 굳어지지 않았을까 걱정됐다. 외국어는 섬세하고 예민한 근육과 같다. 근육을 사용하지 않으면 약해진다. 미국에서 내 이탈리아어는 억양이 틀리고 어설프게 들렸다. 어법, 소리, 리듬, 억양이 뿌리를 내리지 못하고 겉도는 것 같았다. 단어에는 강세가 없고 의미조차 없이 피상적으로 떠도는 것 같았다.

어린 시절 미국에 살 때 부모님은 늘 뭔가로 인해 우울해 보였다. 이제야 이해가 됐다. 언어 때문이었을 것이다. 40년 전 부모님은 전화로 인도에 있는 가족들과 통화하기가 쉽지 않았다. 부모님은 편지를, 캘커타에서 벵골어로 적힌 편지가 오기만을 자나 깨나 기다렸다. 수도 없이 편지를 읽었고, 소중히 간직했다. 그 편지들은 부모님의 언어를 지난 삶을 생생히 떠올려주었다. 자신과 일심동체인 언어가 멀리 있을 때 사람들은 자신의 언어를 또렷이 간직하기 위해 최선을 다한다. 그리운 장소, 사람들, 생활, 거리, 불빛, 하늘, 꽃, 소음 등을 단어들이 모두 기억해주기 때문이다. 자신의 언어와 떨어져 살면 자신은 텅 비어버린 듯한데 몸은 무겁게 느껴진다. 다른 고도에서 다른 종류의 공기를 호흡하는 것 같다. 늘 차이를 인식하게 된다.

이 작은 책은 언제나 나보다 크다

이탈리아에서 일 년을 지낸 후 미국에 돌아오자 난 그런 느낌을 받았다. 뭔가 껄끄럽고 불편했다. 난 이탈리아 사람이 아니고, 영어와 이탈리아어를 자유자재로 쓰는 사람도 아니었다. 내게 이탈리아어는 성인이 돼서 배운 언어, 갈고 닦은 언어였다.

어느 날 코드 곶의 작은 광장에서 열리는 헌책 시장에 간 적이 있다. 풀밭 위 여러 접이식 테이블 위에 온갖 종류의 책들이 진열되어 있었다. 가격이 아주 저렴했다. 보통 난 한 시간 정도 둘러보며 많은 책들을 사곤 했다. 하지만 이번에는 사고 싶은 마음이 들지 않았다. 왜냐하면 모두 영어 서적들이기 때문이었다. 실망한 난 이탈리아어 책을 찾아 다녔다. 몇 군데서 외국 서적을 팔긴 했다. 낡은 독일어 사전, 너덜너덜해진 프랑스어 소설책들이 보였지만 이탈리아어 책은 없었다. 영어로 적힌 이탈리아 관광 안내 책자 하나만 흥미를 끌어, 그것만 샀다. 8월 말 로마로 다시 돌아갈 일을 떠올릴 수 있었으므로. 다른 책들, 내가 쓴 소설조차 전혀 관심이 생기지 않았다. 마치 낯선 외국어로 적힌 책들 같았다.

이제 난 이중의 위기를 느꼈다. 한 가지는 모든 면에서 나와 이탈리아어 사이에 큰 바다가 있다는 생각이었다. 또 하나는 나와 영어 사이의 분리를 느꼈다는 거였다. 이탈리아에서 내가 쓴 이탈리아어 글을 영어로 번역하면서 이미 그런 감정을 느꼈었다. 그런데 감정의 거리가 점점 더 두드러졌고, 가까이 있음에도 깊은 틈을 느꼈기에 더욱 가슴 아프게 다가왔다.

영어를 사용할 때 왜 이젠 편하지 않은 걸까? 내가 읽고 쓰는 법을 배웠던 언어가 어째서 날 위로해주지 못하는 걸까? 무슨 일이 일어났고, 이건 무엇을 의미하는 걸까? 난 이 낯선 감정에 혼란스러웠고 당혹스러웠다. 지금까지보다 더욱 내가 확고한 언어도 없고, 고향도 없고, 날 규정해줄 것도 없는 작가처럼 느껴졌다. 이익이 될지 불이익이 될지 모르겠다.

8월 중순경 나는 브루클린에 사는 베네치아 출신의 이탈리아어 선생님을 만나러 갔다. 이번에는 이탈리아어 수업을 하지 않고 오랫동안 대화를 나누기만 했다. 우리는 로마와 각자의 가족 얘기를 했다. 난 쿠키 한 상자를 가져갔고, 로마에서 보낸 내 새로운 삶을 담은 사진들을 그녀에게 보여주었다. 그녀는 문고판 이탈리아 책 몇 권을 선반에서 꺼내 내게 선물했다. 이탈로 칼비노, 체사레 파베세, 실비오 다르초의 단편집이었다. 주세페 웅가레티의 시집도 있었다. 이번 방문이 마지막이었다. 이탈리아어 선생님은 브루클린을 떠나 다른 곳으로 이주할 계획이었다. 그녀는 이미 몇 년 살았던 집, 우리가 수업을 이어갔던 집을 팔았다. 그녀는 이사 갈 짐들을 모두 꾸리고 있었다. 앞으로 내가 미국 브루클린을 다시 방문해도 더는 그녀를 볼 수 없을 거였다.

난 이탈리아어 책을 한 꾸러미 들고 집으로 돌아왔다. 이탈리아가 그리웠지만 그 책들 덕분에 마음을 진정할 수 있었다. 이 침묵의 시기, 언어적 고립의 시기에 책만이 날 안심시켜주었다. 책은 현실을 뛰어넘기에 가장 좋은 개인적이고 현명하고 믿을 수 있는 수단이었다.

매일 이탈리아어로 책을 읽었지만 글을 쓰진 않았다. 미국에서 난 수동적이 됐다. 사전과 노트와 수첩을 가져왔지만 이탈리아어로는 한 단어도 적을 수 없었다. 일기장에 일기를 쓰지도 않고 그러고 싶지도 않았다. 글쓰기에 관한 한 난 능동적이지 못했다. 창작 대기실에 있는 것처럼 기다리는 일밖에 하지 않았다.

결국 8월 말 공항에서 비행기에 올라타자 난 다시 이탈리아어에 둘러싸였다. 뉴욕에서 휴가를 보내고 고국으로 돌아가는 이탈리아 사람들 틈이었다. 처음에 나는 안도감을 느꼈고 기뻤다. 하지만 다음 순간 내가 그들과 다르다는 걸 깨달았다. 나는 달랐다. 나와 부모님이 미국에서 캘커타로 휴가를 갔을 때, 달랐던 것처럼. 난 모국어를 찾아 로마로 가는 게 아니었다. 난 또 다른 언어, 이탈리아어를 계속 쫓아다니기 위해 돌아가는 거였다.

　어떤 특정한 곳에 속하지 않은 사람은 사실 어느 곳으로도 돌아갈 수 없다. 추방과 귀환의 개념은 고향, 고국을 내포하고 있다. 고국 없이, 진정한 모국어 없이 난 책상에서마저 세상을 떠돌고 있다. 결국 진짜 추방은 아니었다는 걸 깨달았다. 추방의 정의에서조차 난 추방당했다.

벽

기쁨에는 고통이 숨어 있다. 뜨거운 열정에는 어둠이 있다.

로마에서 산 지 2년째 되는 해 크리스마스가 지나고 나는 가족과 함께 파에스툼으로 여행 갔다가 살레르노에서 이틀을 머물렀다. 그곳 유적지의 작은 상점 진열장에서 난 귀여운 아동복을 보았다. 가족과 함께였다. 여점원에게 인사하고 도움을 구했다. 내 딸이 입을 바지를 찾고 있다고 말했다. 머릿속에 떠오르는 스타일을 설명하고 적당한 색깔까지 일러주며, 내 딸은 너무 꽉 끼는 옷을 싫어하고 편안한 옷을 좋아한다고 덧붙였다. 이젠 유창한 이탈리아어지만 이탈리아 사람과 완전히 똑같지는 않은 이탈리아어로 점원과 오랫동안 대화를 나누었다.

어느 순간 남편이 아들을 데리고 상점에 들어왔다. 나와 달리 남편은 미국인이었고, 모습으로 봐선 이탈리아 사람 같았다. 남편과 나는 점원 앞에서 이탈리아어로 몇 마디 나누었다. 난 남편에게 아들에게 사주고 싶은 세일 재킷을 보여주었다. 남편은 좋아, 괜찮네, 어디 보자고, 하고 몇 마디쯤 대답했다. 결코 완성된 하나의 문장이 아니었다. 남편은 스페인어를 완벽하게 구사해서 스페인 억양으로 이탈리아어를 말하는 경향이 있다. 남편은 '61(sessantuno)'을 'sessenta y uno'로 말했고, '아름다움(bellezza)'을 'bellessa'로, 'mai(결코)'를 'nunca'로 말했다. 그것 때문에 아이들은 남편을 놀렸다. 남편은 이탈리아어를 잘했지만 나보다 능숙하지는 못했다.

우리는 바지 두 개와 재킷을 사기로 했다. 계산대에서 돈을 지불하고 있는데 점원이 내게 물었다.

"어디서 오셨어요?"

난 우리가 로마에 살며, 작년에 뉴욕에서 이탈리아로 이사 왔다고 설명했다. 그러자 점원이 말했다.

"남편 분은 이탈리아 출신이신가 봐요. 이탈리아어를 자연스러운 악센트로 완벽하게 말씀하시네요."

이것이 내가 건널 수 없는 한계였다. 비록 내가 이탈리아어를 잘 익힌다 해도 나와 이탈리아어 사이에 언제나 남아 있을 벽이었다. 그건 바로 내 외모였다.

난 눈물이 났다. 소리치고 싶었다.

"난 당신들 언어를 미치도록 사랑해요, 남편은 아니에요. 남편은 이곳에 살게 됐기 때문에 어쩔 수 없이 필요해서 이탈리아어를 하는 거라고요. 난 20년도 넘게 당신들 언어를 공부하고 있어요. 남편은 2년도 안 됐죠. 난 당신들 문학만 읽어요. 이젠 대중 앞에서도 이탈리아어로 말할 수 있고, 라디오 방송 인터뷰도 가능해요. 이탈리아어 일기를 쓰고 소설도 쓰죠."

난 점원에게 말하지 못했다. 고맙다고 인사하고 상점을 나왔다. 이탈리아어에 대한 내 애착이 아무 가치가 없다는 걸 알았다. 나의 헌신과 열의가 아무 의미가 없다는 걸. 이 점원 생각에 남편은 이탈리아 말을 아주 잘 구사하는 데다 칭찬받을 만한 실력이다. 나는 아니다. 난 창피하고 화가 났고 질투가 났다. 나는 입을 다물었다. 거리로 나오자 난 남편에게 이탈리아어로 말했다.

"Sono sbalordita(정말 황당해)."

내 남편은 영어로 물었다.

"sbalordita'가 무슨 뜻이야?"

살레르노에서 있었던 이 짧은 일화는 이탈리아에서 내가 계속 부딪히게 될 벽의 한 예일 뿐이다. 난 외모 때문에 외국인으로 인식됐다. 그건 맞다, 난 외국인이다. 하지만 이탈리아어를 잘하는 외국인인 나는 이탈리아에서 너무나 다른 두 개의 언어적 경험을 했다.

나를 아는 사람들은 내게 이탈리아어로 말했다. 그들은 내가 이탈리아어를 잘한다고 칭찬하며 기꺼이 이탈리아어로 대화를 나누었다. 이탈리아 친구들과 이탈리아어로 이야기할 때 난 이탈리아어 속으로 들어가 환영받고 수용된다는 느낌이 든다. 이탈리아어에 참여한다. 이탈리아어 연극에서 나도 한 가지 역할을 받아 관계한다는 생각이 든다. 영어 단어를 떠올릴 필요 없이 친구들과 몇 시간이고, 때론 며칠이라도 이야기할 수 있다. 난 호수 한가운데 있고 그들과 편하게 헤엄을 치고 있다.

하지만 살레르노에서 겪은 것처럼 상점에 들어설 때면 거칠게 해변에 내던져진 느낌이 든다. 날 모르는 사람들은 쳐다보며 내가 이탈리아 말을 할 줄 모른다고 지레짐작한다. 내가 그들에게 이탈리아어로 말하며 뭔가(마늘, 우표, 시간)를 물을 때 그들은 당황하며 "모르겠어요"라고 대답한다. 그들은 늘 똑같이 대답하고 똑같이 얼굴을 찌푸린다. 내 이탈리아어가 마치 다른 나라 언어인 것처럼.

그들이 왜 날 이해하려 하지 않는지 모르겠다. 그들은 내 말을 듣고 싶어하지 않기 때문에, 날 받아들이고 싶지 않기 때문에 날 이해하려 하지 않는다. 벽이 있다. 날 이해하지 못하는 사람은 날 무시할 수 있다. 날 배려하지 않는다. 이런 사람들은 날 바라보긴 하지만 진정으로 응시하지 않는다. 그들은 내가 그들 말을 하려고 무진 애를 쓴다는 사실을 칭찬하지 않는다. 오히려 이 노력을 귀찮아 한다. 때때로 내가 이탈리아에서 이탈리아 말을 할 때 건드려선 안 되는 물건을 건드린 아이처럼 비난받는 느낌이 들 때가 있다. "우리 말을 건드리지 마. 네 것이 아니야" 하고 이탈리아 사람이 내게 말하는 듯하다.

새로운 나라에서 새로운 사람들과 더불어 살려면 그 나라 말을 배우는 것이 아주 중요하다. 언어는 관계를 가능하게 한다. 그 나라 말을 모르면 자신이 인정받는 당당한 존재임을 느낄 수 없다. 목소리를 내지 못하고 능력도 발휘할 수 없다. 벽에는 들어갈 수 있는 어떤 틈도 입구도 없다. 내가 남은 평생 이탈리아에서 산다면, 나무랄 데 없이 세련되게 이탈리아어를 구사한다고 해도 이 벽이 있을 거라는 사실을 안다. 이탈리아에서 태어나고 자라서 이탈리아가 자신의 고국이라고 생각하며 완벽하게 이탈리아어를 말하지만 낯선 이탈리아 사람들의 눈에는 그저 '외국인'으로 비치는 그런 사람의 모습.

내 남편 이름은 알베르토다. 남편은 손을 뻗어 "만나서 반갑습니다, 저는 알베르토입니다"라고 말하기만 해도 된다. 외모 덕분에, 이름 덕분에 모두 남편을 이탈리아 사람이라고 생각한다. 내가 똑같이 하면 사람들은 "Nice to meet you"라고 영어로 말한다. 내가 이탈리아어로 계속 말하면 "어떻게 이탈리아어를 이렇게 잘하죠?"라고 묻는다. 곧 설명을 해야 하고 이유를 말해야 한다. 내가 이탈리아 말을 한다는 사실이 그들에겐 익숙하지 않은 일이다. 누구도 남편에게 내게 한 질문은 하지 않는다.

어느 저녁 로마 플라미니오 지역에 위치한 서점에서 내 최근 소설을 소개하는 행사가 있었다. 난 이탈리아 친구와 여러 가지 문학 얘기를 나누기로 돼 있었다. 친구 역시 작가였다. 책 소개를 하기에 앞서 나와 남편이 방금 인사를 나눴던 한 남자가 책 소개를 영어로 할 거냐고 물었다. 이탈리아어로 책 소개를 할 거라고 이탈리아어로 대답하자, 그는 남편에게서 이탈리아어를 배웠느냐고 물었다.

미국에서 난 영어를 모국어처럼 구사했지만 똑같은 벽을 만났다. 내가 미국 작가로 인정받았는데도 말이다. 하지만 동기는 좀 달랐다. 때때로 내 이름과 외모 때문에, 왜 모국어가 아닌 영어로 글을 쓰게 됐느냐고 묻는 사람이 있었다. 처음 만난 사람은 내 모습을 보고 내 이름을 알고 내 영어를 듣고 나서 어디서 왔느냐고 또 물었다. 난 영어를 완벽하게 알면서도 내가 말하는 언어를 변명해야 했다. 말을 하지 않으면 많은 미국인은 내가 외국인이라고 믿어버린다. 언젠가 길에서 내게 광고 전단지를 주려 했던 사람이 떠오른다. 난 도서관에서 보스턴으로 돌아가던 길이었다. 당시 난 18세기 영국 문학으로 박사 논문을 준비 중이었다. 내가 전단지를 받질 않자 그 남자는 내게 "What the fuck is your problem, can't speak English?"라고 소리쳤다.

난 모국어 벵골어를 사용하는 인도 캘커타에서도 벽을 피할 수 없었다. 날 예전부터 알던 친척들은 대개 내가 인도 밖에서 태어나 성장했기 때문에 영어밖에 할 줄 모른다고 혹은 벵골어를 겨우 알아들을 수 있는 수준일 거라 짐작했다. 내 모습과 인도 이름에도 불구하고 친척들은 내게 영어로 말했다. 내가 벵골어로 대답하면 친척들은 이탈리아 사람들처럼, 미국 사람들처럼 놀라움을 표현했다. 어디에서도 어느 누구도 내가 나의 일부분인 그 언어들을 말할 줄 안다는 사실을 당연시하지 않았다.

　난 작가다. 난 언어와 철저히 하나가 되고, 그 언어로 일한다. 하지만 벽이 날 떼어놓고 거리를 둔다. 벽은 피할 수 없다. 어디를 가든 벽이 둘러싸고 있고 그것 때문에 난 내가 벽이 아닐까 스스로에게 묻는다.

　난 벽을 허물기 위해, 순수하게 나 자신을 표현하기 위해 글을 쓴다. 글을 쓸 때 내 모습, 내 이름은 상관없다. 보여지는 것과 무관하게 편견 없이 여과 없이 내 말이 전달된다. 난 보이지 않는다. 난 내 말이 되고, 말이 내가 된다.

　이탈리아어로 글을 쓸 때 난 아주 높고 좀 더 견고한 두 번째 벽을 받아들여야 한다. 바로 나 자신 속에 있는 언어의 벽이다. 창작의 관점에서 이 언어적 벽은 좀 과장된 말이지만 내게 흥미와 영감을 준다.

예를 들어보겠다. 언젠가 로마의 호텔에서 이탈리아인 편집자와 그의 부인과 함께 점심 식사를 한 적이 있다. 우리는 내 최근 소설을 이탈리아에서 발간하는 문제를 얘기했다. 내가 지금 쓰고 있는 작품, 이탈리아어와 내 관계를 쓰고 싶은 소망에 대해서도 말했다. 우리는 안나 마리아 오르테제와 내가 번역하고 싶은 이탈리아 작가들에 관해서도 이야기도 나누었다. 편집자는 내 머릿속에 있는 이 새로운 계획들에 호기심을 보이는 듯했다. 내가 하고 싶은 일, 이탈리아어로 작품을 쓰는 일이 멋진 생각이라고 말했다.

점심 식사 후 코르소 거리 신발과 핸드백을 파는 상점 진열장에서 난 예쁜 물건을 봤다. 상점 안으로 들어갔다. 이번에는 아무 말 하지 않았다. 침묵했다. 그러자 점원이 날 보고 곧 "May I help you?" 하고 물었다. 상냥한 그 네 단어가 때때로 이탈리아에서 내 마음을 갈기갈기 찢어놓았다.

삼각형

    나는 내가 아는 세 언어에 대해 잠깐 말하고 싶다. 이제 그 언어 각각과 나와의 관계 그리고 그 언어들 사이의 관계를 정리해볼 필요가 있다.

    내 인생 최초의 언어는 부모님께 물려받은 벵골어였다. 미국 학교에 가기 전까지 4년 동안 벵골어는 나의 중요한 언어였다. 다른 언어 즉 영어가 날 둘러싸고 있는 나라에서 태어나 성장했지만 난 벵골어가 편했다. 나와 영어의 첫 만남은 힘들고 불쾌했다. 유치원에 갔을 때 난 상처받았다. 말하지 못하고 겨우 알아듣는 정도의 언어, 내겐 외국어 같은 영어로 의사 표현을 해야 했기 때문에 선생님에게 믿음이 가지 않았고 친구를 사귀기도 힘들었다. 어서 집으로, 내가 알고 사랑하는 언어 벵골어가 있는 곳으로 돌아가고만 싶었다.

하지만 몇 년 후 영어를 읽을 수 있게 되자 벵골어는 한 발짝 뒤로 물러났다. 여섯 살 혹은 일곱 살 때였다. 그때부터 모국어 벵골어는 더는 홀로 날 성장시킬 수 없었다. 어떤 의미에서 내 모국어는 죽었다. 새어머니 영어가 왔다.

난 새어머니 영어를 알고 해석하기 위해, 새어머니 영어를 만족시키기 위해 열심히 책을 읽었다. 하지만 새어머니 영어는 아직까지도 까다로운 환영으로 남아 있다. 부모님은 내가 그들과 있을 때나 지인들과 있을 때 벵골어만 사용하길 바랐다. 내가 집에서 영어를 말하기라도 하면 혼을 냈다. 영어를 말하는 나, 학교에 가서 영어 책을 읽고 쓰는 나는 다른 사람이었다.

난 벵골어와 영어 어느 것과도 일체감을 느낄 수 없었다. 보름달이 밤새 구름 뒤에 숨어 있다가 짠 하고 나타나 눈부신 빛을 발하듯 그렇게 하나가 다른 하나 뒤에 언제나 숨어 있었지만 완전히 숨진 못했다. 가족들과 벵골어만을 사용했음에도 늘 영어는 공기 중에, 거리에, 내 책의 글들 속에 있었다. 나는 매일 몇 시간 동안 교실에서 영어를 쓰고 난 뒤에 영어가 없는 집으로 돌아갔다. 난 두 언어를 모두 잘해야 한다고 생각했다. 벵골어는 부모님을 기쁘게 해드리기 위해, 영어는 미국에서 살아남기 위해서 말이다. 그렇게 이 두 언어 사이에서 엉거주춤 붕 떠 있었다. 벵골어와 영어를 번갈아 사용하면서 혼란에 휩싸였다. 해결할 수 없는 모순 같았다.

이 두 언어는 서로 맞지 않았다. 서로를 받아들이지 못하는 양립할 수 없는 원수 같았다. 벵골어와 영어는 나를 빼곤 서로 공통점이 없다고 생각했다. 그것 때문에 나 자신도 언어에서 모순을 느꼈다.

우리 가족에게 영어는 외국 문화를 의미했고, 식구들은 그런 영어에 항복하고 싶지 않았다. 벵골어는 미국이 아닌, 부모님께 속한 나의 일부분을 나타냈다. 학교 선생님 누구도, 친구 누구도 내가 영어가 아닌 언어를 말한다는 사실에 관심을 보이지 않았다. 그들은 그 사실에 가치를 두지 않았고 내게 아무것도 묻지 않았다. 마치 나의 그 일부분, 벵골어를 말할 수 있는 능력이 없기라도 하듯 전혀 관심을 갖지 않았다. 부모님에게 영어가 그랬듯, 내가 어려서부터 만난 미국인들에게 벵골어는 낯설고 의심스러운 먼 문화를 나타냈다. 아니면 사실 아무것도 나타내지 않았을지도 모른다. 영어를 잘 아는 내 가족과 달리 미국인들은 우리가 집에서 말하는 벵골어에 대해 전혀 아는 바가 없었다. 그들에게 벵골어는 조용히 무시해도 되는 어떤 것이었다.

어린 시절 점점 더 많이 영어 책을 읽고 영어로 학습을 하게 되면서 난 영어에 점점 동일화됐다. 외국어를 전혀 모르는 내 친구들처럼 되려 애썼다. 친구들의 삶이 정상적인 거라고 생각했다. 미국 친구들 앞에서 벵골어를 말해야 하는 게 부끄러웠다. 친구네 집에 놀러 갔을 때 엄마와 벵골어로 전화해야 하는 상황이 너무나 싫었다. 가능한 벵골어와 내 관계를 숨기고 싶었다. 벵골어를 부정하고 싶었다.

난 벵골어를 말하기가 부끄러웠고, 그와 동시에 부끄러운 감정을 느낀다는 사실이 또한 부끄러웠다. 영어로 말하면 부모님에게서 떨어져 나오는 듯 분리의 불안한 감정을 느꼈다. 부모님의 보호 아래 있지 않고 동떨어진 공간에 외톨이가 된 것 같았다.

내가 영어를 완벽하게 말하지 못한다는 것, 외국인 악센트가 섞여 있다는 사실을 알게 됐다. 부모님이 미국에서 거의 매일 부딪혔던 벽을 나도 보았다. 그 벽은 부모님을 계속 불안하게 했다. 부모님께 어떤 용어의 뜻을 설명해야 할 때면 마치 내가 부모가 된 것 같았다. 때때로 나는 부모님을 위해 통역을 했다. 미국 상점에 들어갔을 때 점원들은 내게 말을 건네곤 했는데, 단순히 내 영어에 외국인 악센트가 없다는 이유였다. 외국인 악센트로 보아 부모님은 영어를 알지 못할 거라는 듯이 말이다. 난 부모님을 대하는 점원들의 태도가 몹시 싫었다. 부모님을 보호하고 싶었다. 항의하고 싶었다. "이분들도 당신들이 하는 말을 모두 알아들어요. 당신들은 벵골어나 세상 어떤 다른 언어를 한 마디도 알아듣지 못하잖아요." 하지만 부모님이 영어 단어를 잘못 발음하면 나도 짜증이 났다. 난 퉁명스럽게 잘못된 발음을 고쳐주었다. 부모님이 무시받는 걸 보고 싶지 않았다. 그 순간 내가 영어를 잘한다는 것도, 부모님이 영어를 못한다는 것도 싫었다. 부모님이 나처럼 정확히 영어를 구사하길 바랐다.

스물다섯 살쯤에 이탈리아어를 발견해낼 때까지 난 이 두 언어 사이를 요리조리 잘 헤쳐 나가야 했다. 구태여 이탈리아어를 배워야 할 필요는 없었다. 가족, 문화, 사회로부터 받는 압력도 없었다. 어떤 필요도 없었다.

내 언어적 여정의 세 번째 꼭짓점인 이탈리아어가 오면서 삼각형을 만들었다. 직선이 아닌 삼각형 모양. 삼각형은 복잡한 구조이고, 역동적인 형태다. 세 번째 꼭짓점이 다투기만 하던 오랜 짝인 벵골어와 영어의 역학 관계를 바꾸었다. 나는 싸워대던 그 불행한 커플의 산물이었지만 세 번째 꼭짓점은 그 관계에서 생겨나지 않았다. 세 번째 꼭짓점은 내 갈망, 내 노력에서 생겨났다. 오롯이 나로부터 비롯했다.

이탈리아어 공부는 나의 삶 안에서 벌어진 영어와 벵골어의 긴 싸움으로부터 도주하는 길이라고 생각한다. 모국어 벵골어도 새어머니인 영어도 거부하는 길이었다. 독립적인 노정이었다.

이 새로운 여정이 날 어디로 데려갈까? 이 도주는 어디에서, 언제 끝날까? 도망치고 난 후 난 무엇을 할까? 사실 엄밀히 따지면 도망은 아니었다. 도망을 쳤음에도 영어나 벵골어가 내 옆에 있다는 걸 깨달았으므로. 삼각형의 꼭짓점이 그렇듯 한 가지 꼭짓점은 다른 꼭짓점으로 연결될 수밖에 없다.

영어와 이탈리아어는 아주 가까운 꼭짓점인 듯하다. 라틴어 어원의 많은 단어들을 공통분모로 두 언어는 일정량의 영토를 함께 나눈다. 비슷한 영어 단어 덕분에 이탈리아에서 내가 아는 단어를 만나게 되는 경우가 심심치 않게 일어난다. 영어를 안다는 것이 도움이 된다는 사실은 부정할 수 없다. 하지만 그것 때문에 실수할 수도 있다. 때때로 라틴어 어원 덕분에 이탈리아어 단어의 뜻을 안다고 생각했지만, 단어의 정의를 확인해보면 잘못 안 경우가 있다. 영어에서조차 그 의미를 잘못 배웠다는 사실도 깨달았다. 이탈리아어를 알면 알수록 내가 영어에서도 부족하다는 사실이 드러났다. 그 과정에서 두 언어를 더 깊이 이해하게 됐고, 그 때문에 도주가 귀환이기도 하다는 생각이 들었다.

어원이 인도유럽어라는 공통점을 빼면 벵골어와 이탈리아어는 이탈리아어와 영어보다 훨씬 더 사이가 멀다. 벵골어와 이탈리아어에 뜻이 같은 단어가 하나 있는데 바로 'gola(목구멍)'다. 벵골어에서는 'che' 대신 'chi'를 사용하고, 'chi'를 뜻하기 위해 'che'를 사용한다. 재미있다. 하지만 벵골어가 달리 도움이 되기도 한다. 벵골어를 말하며 성장했다는 사실 덕분에 난 영어 악센트로 이탈리아어를 말하지 않는다. 이탈리아어 발음 면에서는 벵골어가 더 적합하다. 나는 이탈리아어 자음과 모음, 이중모음을 모두 알아보았다. 그것들이 자연스럽게 느껴졌다. 발음 면에서 벵골어는 영어에 비해 이탈리아어에 훨씬 더 가깝다. 그러므로 어떤 면에서 벵골어도 나를 따라오며 도와주었다는 점을 인정해야 한다.

내 삶에 세 번째 언어를 끌어들여서 삼각형을 만들고 싶은 충동이 어디서 나왔을까? 왜 나타났을까? 그건 정삼각형일까 아닐까?

삼각형을 그린다면 영어 변을 그리기 위해서는 볼펜을, 다른 두 변을 그리기 위해서는 연필을 사용할 것이다. 영어는 보다 안정되고 확고한 밑변이다. 벵골어와 이탈리아어는 둘 다 좀 더 약하고 불분명하다. 벵골어는 물려받은 언어고, 이탈리아어는 내가 선택하고 원한 언어다. 벵골어는 내 과거고, 이탈리아어는 미래로 가는 새로운 길이다. 첫 번째 언어 벵골어는 나의 뿌리이고, 이탈리아어는 도착점이다. 두 언어 모두에서 나는 약간 못생긴 어린아이 같다.

연필로 그린 두 면이 사라질까봐 두렵다. 지우개로 싹싹 지우면 그림이 지워질 것 같다. 벵골어는 부모님이 돌아가시면 내게서 떠나버릴 것이다. 벵골어는 부모님을 상징하는 언어, 부모님이 육화된 언어다. 부모님이 돌아가시면 벵골어는 내 삶의 중요한 언어가 되지 않을 거다.

이탈리아어는 외국어다. 내가 이탈리아어를 떠나고 계속 갈고닦지 않는다면 이탈리아어도 사라질지 모른다.

영어는 지워지지 않고 영원히 현재로 남겠지. 새어머니는 날 버리지 않을 거다. 영어는 비록 어쩔 수 없이 부과된 언어지만 내게 순수하고 정확하고 영원한 목소리를 선물했다.

이 삼각형이 일종의 액자라고 생각한다. 이 액자 안에 내 초상이 들어 있다고. 액자가 날 규정짓는데, 과연 무엇이 그 안에 들어 있을까?

평생 나는 액자 안에서 특별한 무엇을 보고 싶었다. 정확하고 깨끗한 이미지를 비춰줄 거울이 그 안에 들어 있기를 바랐다. 단편적인 모습이 아닌 전체적인 모습의 사람을 보고 싶었다. 하지만 이 사람은 없었다. 이중의 정체성 때문에 흔들리고 왜곡되고 위선적인 모습만을 보았다. 혼성이고 선명치 않으며 늘 혼란스러운 무엇을 보았다. 액자 안에서 특별한 이미지를 볼 수 없는 건 내 인생이 어지러워서라고 생각한다. 내가 찾는 이미지가 없다는 사실에 마음이 무겁다. 거울에 텅 빈 공간이 비칠까봐, 거울에 비친 모습이 없을까봐 두렵다.

　나는 이 빈 공간에서, 이런 불확실에서 왔다. 빈 공간이 내 원천이요 운명이기도 하다고 생각한다. 이 빈 공간에서, 이 모든 불확실에서 창조적 충동이 나왔다. 액자를 채우고자 하는 충동이 말이다.

변신

이 생각을 글로 쓰기 얼마 전 난 로마에 사는 친구인 작가 도메니코 스타르노네로부터 메일을 한 통 받았다. 그는 이탈리아어를 소유하고자 하는 나의 갈망을 언급하면서 이렇게 썼다.

"새로운 언어는 새로운 인생이나 마찬가지입니다. 문법과 구문이 당신을 바꾸고, 다른 논리와 감정으로 이끌어줄 겁니다."

이 말이 얼마나 격려가 됐는지 모른다. 로마에 와서 이탈리아어로 글을 쓰기 시작한 이후의 내 마음 상태를 반영해주는 듯했다. 그 말은 내 불안과 혼란을 모두 달래주었다. 이 메시지를 읽으면서 새로운 언어로 나 자신을 표현하고픈 갈망을 보다 잘 이해하게 됐다. 작가로서 변신을 꾀하고 싶었던 거였다.

이 메시지를 받았던 시기에 어느 인터뷰에서 누군가 제일 좋아하는 책이 뭐냐고 내게 물었다. 런던에서 다른 작가 다섯 명과 함께 무대에 올랐을 때였다. 보통 이런 질문을 받으면 난 마음이 불편했다. 이 책이다 확실히 말할 책이 없어서 어떻게 대답해야 할지 몰랐기 때문이다. 하지만 이번에는 한 치의 망설임도 없이 내가 제일 좋아하는 책은 오비디우스의『변신』이라고 대답할 수 있었다. 장엄한 작품, 모든 게 연결되어 있고 모든 걸 반영하는 시다. 난 25년 전 라틴어로 처음 이 작품을 읽었다. 미국에서 공부하던 여대생 시절이었다. 잊을 수 없는 만남이었고, 평생 가장 큰 만족을 줬던 독서였다. 이 시를 이해하기 위해 나는 끈기 있게 단어 하나하나를 번역해가며 읽어야 했다. 고대의 까다로운 외국어에 온 신경을 집중했다. 그런데 오비디우스의 글은 날 사로잡았고, 난 거기에 매료됐다. 매력이 넘치는 살아 숨 쉬는 언어로 적힌 숭고한 작품이었다. 이미 말했듯이 나는 외국어로 읽는 게 가장 친밀한 읽기라고 생각한다.

님프 다프네가 월계수 나무로 변하는 순간을 마치 어제 일처럼 또렷이 기억한다. 다프네는 자신을 좋아해 쫓아오는 아폴로 신에게서 도망치고 있다. 다프네는 디아나처럼 숲에서 사냥하며 혼자 순결하게 남고 싶었다. 그러나 지쳐서 더는 아폴로 신에게서 도망칠 수 없었던 다프네는 강의 신인 아버지 페네이오스에게 도와달라고 빌었다. 오비디우스는 이렇게 적었다. "이 소원을 빌자마자 그녀의 팔다리는 딱딱하게 굳었고, 부드러운 가슴은 가는 섬유질에 휘감겼으며, 머리카락은 길게 뻗어 나와 나뭇잎이 됐고, 두 팔은 줄기가 되었다. 좀 전까지 그렇게 빨리 달리던 다리는 뿌리가 되어 땅에 박혔고, 얼굴은 나무 꼭대기에서 사라졌다." 아폴로 신이 나무 몸통에 손을 댔을 때 "갓 생긴 나무껍질 안에서 아직도 따뜻한 가슴의 체온이 느껴졌다."

변신은 격렬한 재생 과정, 죽음이요 탄생이다. 어디서 님프가 다하고 어디서 나무가 시작됐는지 명확하지 않다. 이 장면에서 가장 아름다운 건 두 요소의 융합, 두 존재의 융합을 보여준다는 거다. 다프네와 나무를 묘사하는 단어들이 나란히 보인다. 라틴어 텍스트에서 'frondem/crines(나뭇잎/머리카락)' 'ramos/braccia(나뭇가지/팔)' 'cortice/

pectus(나무껍질/가슴)'이다. 이런 단어들의 연결, 문자의 병치는 모순 상태, 교차 상태를 강조한다. 우리에게 예기치 못한 이중의 인상을 준다. 간단히 말해 신화에서 동시에 두 가지가 된다는 의미다. 불분명하고 모호한 어떤 것, 이중의 정체성을 띠게 되는 걸 나타낸다.

나무로 변신하기 전까지 다프네는 목숨을 구하기 위해 달렸다. 이제 멈춰 서서 더는 움직일 수가 없다. 아폴로는 다프네를 만질 수 있지만 소유할 수는 없다. 잔인하지만 변신은 구원이다. 한편으로 독립성을 잃어버린다. 다른 한편으론 나무처럼 영원히 자신의 고향인 숲에 머물며 또 다른 유형의 자유를 즐긴다.

앞에서 말했듯, 나의 이탈리아어 글쓰기는 일종의 도주라고 생각한다. 철저히 언어적 변신을 꾀하며 무언가에서 멀어져 자유로워지고자 노력하는 거라고. 2년 정도 이탈리아어로 글을 쓰고 나자 난 이미 변했고 거의 다시 태어난 기분이었다. 하지만 변화, 이 새로운 시작의 대가는 비쌌다. 다프네처럼 나 역시 한자리에 박히고 말았다. 영어 안에서 움직이는 게 익숙했던 내가 전처럼 움직일 수가 없었다. 이제 새로운 언어, 이탈리아어는 마치 나무껍질처럼 날 덮었다. 난 그 껍질 안에 있다. 새로워졌지만 한자리에 박혔고, 가벼워졌지만 불편하다.

왜 내가 도망치고 있는 걸까? 난 무엇에 쫓기는 걸까? 누가 날 잡으려 하는 걸까?

가장 명확한 답은 영어일 것이다. 영어는 날 상징하는 전부였는데 그에 비하면 내 안에 영어가 깊숙이 자리하지 못했다. 평생 영어는 피곤한 싸움, 고통스러운 충돌, 패배감을 안겨주었고 난 그로 인해 불안을 겪었다. 영어는 올라가야 하고 해석해야 할 문화를 나타냈다. 영어가 나와 부모님 사이에 균열을 가져다줄까봐 두려웠다. 영어는 무겁고 불편한 내 과거의 모습을 의미했다. 그로 인해 난 고단했다.

하지만 난 영어를 사랑했었다. 그리고 영어 작가가 됐다. 그러다가 갑작스레 유명해졌다. 그럴 만한 자격이 없는데 분에 넘치는 상을 받아서 실수가 아닐까 싶기도 했다. 명예로운 일이었지만 상을 받은 게 영 믿기지 않았다. 내 인생을 바꿔놓은 그런 찬사가 말이다. 상을 받은 이후 난 유명 작가로 인정받았다. 그 때문에 스스로도 이젠 무명에 가까운 알려지지 않은 견습 작가로 나 자신을 생각하지 않았다. 날 숨길 수 있는 접근할 수 없는 곳에서 내 모든 창작이 나왔다. 그런데 첫 책이 출간된 지 일 년 후 난 내 익명성을 잃어버렸다.

이탈리아어로 글을 쓰면서 난 영어에 대한 패배감이나 성공에서 도망치는 거라고 생각한다. 이탈리아어는 아주 다른 문학 과정을 내게 선물한다. 작가로서의 장비를 떼어 낼 수 있기에 난 다시 나를 만들어갈 수 있다. 나 자신을 전문가라 생각하지 않은 채 단어를 모으고 문장을 만들어 나갈 수 있다. 이탈리아어로 글을 쓸 때 나는 갖은 애를 써도 실패한다. 하지만 오래전 영어에 대해서 느꼈던 패배감과는 달리 난 실패해도 고통스럽지 않으며 고민하지 않는다.

새로운 언어로 글을 쓰고 있다고 말하면 사람들은 대개 부정적 반응을 보인다. 미국에서 몇몇 사람은 그러지 말라고 충고했다. 외국어로 내 작품을 번역해 읽고 싶지 않다고도 말했다. 그들은 내가 변화하기를 원치 않았다. 이탈리아에선 비록 많은 사람들이 새로이 내딛는 내 걸음을 응원해주고 지지해주었지만 왜 세계적으로 영어에 비해 훨씬 덜 읽히는 언어로 작품을 쓰고 싶은 거냐고 물었다. 어떤 이들은 영어를 거부하는 내 행동이 날 파괴할 수 있으며 이 도주는 날 덫으로 몰아넣을지 모른다고 말했다. 그들은 내가 이런 위험을 무릅쓰고 싶어하는 이유를 이해하지 못했다.

난 그런 사람들의 반응이 놀랍지 않다. 변신, 특히 원해서 자발적으로 행하는 변신은 종종 불충하고 위협적인 것으로 인식되기 때문이다. 내 어머니는 자신을 변화시키려 하지 않았고, 난 그런 어머니의 딸이었다. 어머니는 미국에서도 가능한 한 인도 캘커타에 계속 살고 있는 것처럼 그렇게 옷을 입고, 행동하고, 먹고, 생각했다. 자신의 모습, 습관, 태도를 바꾸지 않는 것이 미국 문화에 저항하는 어머니의 전략, 특히 미국 문화와 싸우고 자신의 정체성을 지키려는 어머니의 전략이었다. 미국인이 되는 것 혹은 미국인과 비슷해지는 것은 어머니에게 완전한 패배를 의미했을 거다. 캘커타로 돌아왔을 때 어머니는 비록 자신이 거의 50년을 인도에서 떨어져 살았지만 여전히 예전의 모습을 간직하고 있다는 데 자부심을 느꼈다.

나는 그 반대였다. 변화를 거부하는 건 어머니 나름의 반란이었고, 변신을 원하는 건 나 나름의 반란이다. "다른 사람이 되고 싶었던 여인, 번역가가 있었다." 내 이탈리아 첫 단편 소설 「변화」가 이런 문장으로 시작되는 건 우연이 아니다. 평생 나는 태생의 공허에서 멀어지려 했다. 그 공허는 날 당황시켰고, 난 거기에서부터 도망갔다. 그 때문에 나 자신에 만족하지 못했다. 나를 변화시키는 것이 유일한 해결 방법인 듯했다. 글을 쓰면서 난 등장인물들 안에 날 숨기고 내게서 도피할 방법을 찾아냈다. 날 계속 변화시키는 방법을.

변신의 메커니즘은 절대 변하지 않는 삶의 유일한 요소일지 모른다. 모든 개인, 나라, 역사의 시대, 우주만물의 과정은 때로는 약하고, 때로는 격렬한 변화의 과정일 따름이다. 변화가 없다면 우린 그대로 머물러 있었을 것이다. 무언가가 변화하는 전이의 순간들이 우리의 척추를 만든다. 우리가 기억하고자 한 순간순간들은 살아남거나 사라진다. 변화가 우리의 존재에 뼈대를 만든다. 나머지는 대개 망각된다.

예술은 우리를 일깨우고, 마음에 새길 뜻을 주고, 우리를 변화시키는 힘이라고 생각한다. 소설을 읽고, 영화를 보고, 음악을 들으면서 우리는 무엇을 찾는 걸까? 우리는 전에는 의식하지 못했는데 지금 우리를 움직이는 뭔가를 찾는다. 오비디우스의 걸작이 날 변화시켰듯이 그렇게 우리는 자신을 변화시키고 싶어한다.

동물의 세계에서 변신은 예상할 수 있는 자연스러운 것이다. 생물학적 이행, 결국 완전한 성장으로 이끄는 특별한 단계를 의미한다. 애벌레가 나비로 변하면 더 이상 애벌레가 아니라 나비다. 변신의 효과는 급격하고 영구하다. 낡은 형태를 벗어버리고 전엔 보지 못했던 새로운 형태를 취한다. 이전의 창조물에 비해 새로운 물리적 특징, 새로운 아름다움, 새로운 능력을 갖는다.

전반적인 변신은 내 경우 불가능하다. 이탈리아어로 글을 쓸 수 있지만 이탈리아 작가가 될 수는 없다. 내가 이탈리아어로 이 글을 쓰지만 영어로 글을 쓰던 내 일부는 남아 있다. 자신을 네 가지 형태로 창조했던 페르난두 페소아가 생각난다. 그는 자신의 경계를 넘을 수 있었던 덕분에 네 명의 개성 있는 다른 작가를 만들었다. 내가 이탈리아어를 통해 지금 하고 있는 것은 페소아의 전략과 비슷한 것일지 모른다. 세 번째의 또 다른 작가가 되는 건 불가능하지만 두 명의 작가가 될 수는 있을 것 같다.

흥미롭게도 난 이탈리아어로 글을 쓸 때 더 보호받는 느낌이다. 훨씬 더 노출되어 있는데도 말이다. 사실 새로운 언어가 날 덮고 있지만 다프네와 달리 난 피부가 거의 없고 언어가 내게 스며들게 내버려두며 그렇게 나 자신을 지킨다. 비록 두꺼운 나무껍질이 없지만 나는 다시 뿌리를 튼튼하게 내리고 이전과 달리 성장하는 강인한 이탈리아어 작가다.

탐색하다

1948년과 1950년 사이 삶의 마지막 2년 동안 체사레 파베세는 에이나우디 출판사와 일하면서 로사 칼제키 오네스티에게 많은 편지를 썼다. 그녀는 지금 『일리아드』와 『오디세이』의 혁신적인 번역으로 유명해졌다. 번역가를 직접 알지 못했던 파베세는 토리노와 체세나를 오간 세심하고 활발한 편지 왕래를 통해 호메로스의 작품을 원어에 충실하지만 현대적인 이탈리아어로 옮기고, 고풍적이지 않은 좀 더 평범한 언어로 바꾸어달라고 부탁했다. 원서와 번역 글을 주의 깊게 읽고, 세심하게 비교하고, 정성 들여 모든 것을 점검하면서 파베세는 시 한 편 한 편, 시 한 행 한 행, 이미지 하나, 단어 하나까지 살펴봤다. 파베세의 편지는 조

이 작은 책은 언제나 나보다 크다

언과 수정과 의견들로 빼곡했다. 성실하게 관여했지만 늘 친절하게 예의를 갖추었다. 파베세가 길게 열거한 조언들 가운데 이런 글이 있다. "쓸데없이 '숭고한' 어조를 주는 '빼어난 미(eletta per bellezza)' 대신 '아주 아름다운(bellissima)'을 사용했으면 합니다." "사람들을 죽인 자(uccisore d'uomini)보다 살인자(assasino)가 좋을 듯합니다." "'바다의'라는 뜻으로 'del mare' 대신 'marino'를 사용했으면 합니다." 때때로 칼제키 오네스티의 언어 선택에 전적으로 동의하는 경우도 있다. "'포도주빛 바다(il mare colore del vino)'처럼 호메로스가 사용한 고전적인 부가 형용사의 경우 '어두운 바다'로 번역하는 것에 동의합니다. 포도주를 빼고요."

파베세와 칼제키 오네스티는 세상 모든 작가들이 하는 작업을 했다. 글을 쓰는 사람은 정확한 말을 찾고 그 문맥에 가장 잘 들어맞는 적절한 단어를 선택하려 한다. 체를 치는 것처럼 섬세하게 가다듬는 과정이다. 글을 쓰는 사람은 그 과정을 피할 수 없다. 글 쓰는 직업의 정수가 바로 여기에 있다.

파베세의 편지는 그가 이탈리아어를 친밀하게 아주 잘

알고 있다는 사실을 보여준다. 작가로서 나는 파베세처럼 하고 싶지만 영어로만 그렇게 할 수 있다. 파베세처럼 깊이 있게 이탈리아어에 뛰어들 수가 없다. 정확하게 쓰고 단어를 적절하게 선택하고 싶다. 하지만 나는 어릴 때부터 익숙한 살아 있는 풍성한 어휘력을 갖고 있지 않다. 난 파베세처럼 정확하게 이탈리아어를 탐색할 수 없다. 내가 쓰지 않은 이탈리아어 텍스트를 파베세처럼 평가할 수 없는 것이다.

하지만 정확한 단어를 찾고 싶은 충동은 억눌러지지 않는 거라서 나는 이탈리아에서도 똑같이 시도했다. 동의어 사전을 살펴보고 수첩을 뒤적였다. 아침에 신문에서 새로운 단어를 보면 바로 적용해보았다. 하지만 내 글을 처음 읽은 독자들은 종종 고개를 저으며 "울림이 없네요"라고 간단히 말했다. 내가 사용하고 싶은 단어가 이젠 잘 사용하지 않는 단어이거나, 너무 저속하거나 너무 세련된 어조의 단어이거나, 밋밋하고 과도한 대화체의 단어라고 말했다. 그래서 나는 '고상한(aulico)'이라는 형용사를 배웠다. 단어 배열이 실제와 다르며, 구두법이 정확하지 않다고 말했다. 당연히 정확성도 떨어졌다. 이탈리아어로 그렇게 표현하지 않는다고도 했다.

난 첫 독자들의 말을 듣고 그들의 충고를 따라야 했다. 부정확하거나 잘못된 말을 빼고 다른 말을 찾아야 했다. 내가 선택한 단어를 옹호할 수 없었다. 이탈리아어가 모국어인 사람들에게 맞설 수 없었기 때문이다. 난 이탈리아어에 있어서는 어느 정도 귀머거리에 장님이라는 걸 인정할 수밖에 없고, 그것 때문에 내가 가짜 작가가 될까봐 두려웠다.

난 이제 어휘력이 많이 늘었지만 어색한 구석은 남아 있다. 구시대 우아한 긴 치마에 티셔츠를 입고 밀짚모자를 쓰고 슬리퍼를 신은 것처럼 이상하게 옷을 입은 느낌이다. 보기 흉한 이 효과, 이런 뒤죽박죽된 어조는 이탈리아어를 배우기 시작했을 때부터 나와 이탈리아어 사이에 있었던 거리에서 나온 결과일 것이다. 이탈리아에 와서 살기 전 수년 동안 멀리서 여러 텍스트를 통해 이탈리아어를 배웠기 때문이다. 2년 동안 나는 수월하게 매일 이탈리아어를 배울 수 있었다. 하지만 이탈리아어 글을 읽는 지금 내 어휘는 각자 다른 스타일로 글을 쓰는 여러 시대의 작가들의 어휘가 혼합되어 형성된 것이기도 하다. 나는 조르조 만가

넬리, 조반니 베르가, 엘레나 페란테, 자코모 레오파르디의 단어들을 구분하지 않고 수첩에 열거해놓았다. 프랑스어로 글을 쓰다 보면 특정한 스타일 없이 글을 쓰게 된다고 베케트가 말했다. 나는 그 말에 동의한다. 내 이탈리아어 글은 밋밋한 맛의 빵 같다. 의미는 통할지 몰라도 독특한 맛이 없다.

또 한편으로 난 그것 또한 스타일, 하나의 성격이라고 생각한다. 이탈리아어는 내게 작은 폭포 같다. 물방울은 소용이 없으며 난 계속 갈증을 느낀다. 그러므로 문제는 스타일이 부족한 게 아니라 스타일이 지나치게 많은 것이 아닐까 한다. 스타일이 지나치게 많아서 난 아직도 혼란스럽다. 이탈리아어에서 내게 부족한 것은 날카로운 시각이다. 날카로운 시각이 부족해서 난 특정한 스타일을 가다듬을 수 없다. 게다가 난 특정한 스타일을 포착할 수도 없다. 내가 어쩌다 이탈리아어로 아름다운 문장을 만들어낸다 해도 왜 아름다운지 정확히 이해하지 못한다.

이탈리아어에 있어서 나는 아는 것이 많지 않은 작가, 내가 변장했다는 것만 아는 작가다. 사실 나는 엄마의 옷장에 몰래 들어가 하이힐을 신어보고, 이브닝드레스를 입고, 보석과 모피코트를 걸쳐보려는 어린아이 같은 느낌이다. 그러다 야단을 맞고 내 방으로 쫓겨 가지 않을까 두렵다. "좀 더 기다려야 해" 하고 엄마가 말할 거다. "이 옷은 네가 입기엔 너무 커." 엄마 말이 맞다. 나는 엄마 신발을 신고는 편안하게 걸을 수 없다. 목걸이는 너무 무겁고 거추장스럽다. 모피코트는 우아하지만 입으면 땀이 난다.

조수간만처럼 내 어휘는 오르락내리락하고 물밀듯이 밀려왔다 빠져나간다. 매일 메모장에 덧붙인 말들은 일시적일 뿐이다. 정확한 단어를 고르는 데 한 시간이 걸리지만 종종 잊고 만다. 모르는 이탈리아어 단어를 만났을 때도 이미 똑같은 의미의 단어 두 개는 알고 있다. 예를 들어 최근에 나는 '유보하다'라는 뜻의 'accantonare'를 배웠지만 이미 같은 뜻의 'rinviare'와 'sospendere'를 알고 있었다. '넘다'라는 뜻의 'travalicare'를 알게 됐는데, 이미 'oltrepassare'와 'superare'를 알고 있었다. '오만하다'라는 뜻의 'tracotante'란 단어를 배웠는데, 이미 'arrogante'와 'prepotente'를 알고 있었다. 얼마 전 '적절한'이라는 뜻의 'azzeccato'와 'ficcante'를 알게 됐는데, 그전에 이미 나는 'adatto'와 'appropriato'를 사용했다.

나는 목표를 달성하기 위해 최선을 다하지만 목표를 향하는 화살이 어디를 맞힐지는 모른다. 이 책의 각 장을 쓰는 동안 적어도 100번쯤 나는 의기소침해지고 지쳐서 그만 중단하고 싶어졌다. 앞이 캄캄해지는 순간에 내 이탈리아어 글쓰기가 미친 짓, 몹시 가파른 오르막길처럼 느껴졌다. 이탈리아어로 계속 글을 쓰고 싶다면 난 하늘에 먹구름이 드리워 폭풍우 치는 순간, 절망에 빠져 더는 글을 쓰지 못할까 두려운 그 순간에 저항해야 한다.

이탈리아어를 깊이 있게 탐색할 수 있는 파베세의 능력이 그저 부럽다. 나도 이런 깊은 성찰을 통해 탐색을 했다고 생각한다. 언어를 탐색해 발견해내면서 나 자신에 대해 탐색했다고. 'sondare'라는 동사는 '탐구하다(esplorare)' '조사하다(esaminare)'를 의미한다. 말 그대로 뭔가를 '깊이 있게 측정하다(misurare la profondità)'를 의미한다. 내 사전에 따르면 이 동사는 '뭔가 특히 다른 사람들의 생각과 의도를 알고 이해하려 하는 것'을 의미한다. 그 말은 분리, 불확실을 내포한다. 침투 상태를 품는다. 늘 밖에 남아 있는 어떤 것을 세심하고 적절하게 연구하는 것을 의미한다. 내 계획을 완벽하게 설명하는 적절한 동사다.

공사 가설물

　나는 로마의 게토 지역 도서관에서 이 책을 구상하고 썼다. 10년 전 로마에 처음 왔을 때 맨 먼저 알게 된 지역이다. 그리고 내가 좋아하는 곳이 됐다. 옥타비아의 주랑을 본 감동은 절대 잊지 못할 거다. 그곳은 우리가 일주일 동안 세 얻었던 아파트에서 그리 멀지 않은 곳에 있었다. 나는 너무 감명 깊어서 뉴욕으로 돌아온 후 게토를 배경으로 한 영어 소설을 쓰기도 했다. 나는 그 작품에서 주랑을 묘사했다. "공사 비계가 침범하고 둘러싼 열주들, 중요한 부분이 떨어져 나간 묵직한 박공". 허물어지고, 부서지고, 여러 차례 복구되어 여전히 서 있는 복잡한 이 고대의 건물은 나에게 옛 로마의 느낌을 생생히 드러냈다. 지금은 내게 하나의 은유를 선물했고, 난 그 은유로 이 책에 적은 일련의 생각들을 마감하고 싶다.

나는 혼자라는 걸 느끼기 위해 글을 쓴다. 어렸을 때부터 글쓰기는 뒤로 물러나 나를 발견하는 방법이었다. 나는 침묵과 고독이 필요했다. 영어로 글을 쓸 때 도움 없이 글을 쓸 수 있는 걸 당연하게 생각했다. 누군가 내게 조언을 해줄 수도 있고, 문제를 지적해줄 수 있다. 하지만 언어 선택 과정에서만은 자기만족이 강했다.

이탈리아어에서 나는 다른 길을 따라갔다. 사실 난 도서관에서 혼자였다. 글을 쓸 때 내겐 아무도 없었다. 유일한 친구는 에밀리 디킨슨의 시와 편지를 묶은 책 한 권이었다. 에밀리 디킨슨은 내가 성장했던 곳에서 멀지 않은 매사추세츠에서 평생을 보낸 외로운 미국 시인이다. 이탈리아어로 번역된 빨간색 표지의 아름다운 책이었는데, 도서관 선반 위 여러 책들 가운데서 우연히 내 관심을 끌었다. 종종 새로운 작품을 시작하기 앞서 나는 디킨슨의 시나 편지를 읽곤 했다. 내겐 하나의 의식이 됐다. 어느 날 이런 글을 찾아냈다. "무서운 심연의 언저리에서 항해하는 느낌이다. 심연을 피해 나갈 수 없고 위에서 도와주지 않으면 내 약한 배가 미끄러져 들어갈까 두렵다." 번개를 맞은 느낌이었다. 이 책을 쓰면서 나는 정확히 그런 느낌이었다.

　나는 이탈리아어 수업 숙제를 하는 심정으로 이 책의 각 장을 하나씩 질서 정연하게 써나갔다. 여섯 달 동안 대략 일주일마다 한 장씩을 썼다. 나는 그렇게 정연하게 계획대로 집필을 해나간 적이 없다. 그러고는 내 이탈리아어 선생님인 첫 독자에게 처음 쓴 글을 보냈다. 수업 시간 동안 우리는 함께 일했다. 나에게나 그에게나 새롭고 엄밀한 과정이었다. 그는 조잡한 실수, 치명적인 잘못을 모두 잡아냈다. 나는 '그것을 생각했다'라는 의미로 'ci penso' 대신 'gli penso'를 사용했고, 나 '자신에게 물었다'라는 의미로 'mi viene chiesto' 대신 'sono chiesta'를 사용했다. 선생님은 처음에 메모를 매우 꼼꼼하게 해주었다. "명사형 동사를 너무 많이 사용하지 않도록 조심" "'Mica'는 너무 대화체임" "뒤로하고 떠나다(lasciarsi alle spalle)는 잘못된 건 아니지만 많이 쓰이지 않음". 500단어가 안 되는 길이의 첫 단편에 서른두 개의 메모를 적었다. 선생님은 대신 사용할 수 있는 단어를 알려주었고, 내가 접속법, 동명사, 가정문을 수도 없이 실수했을 때 고쳐주고 질책도 했다. 선생님은 영어의 흔적이 보인다고 말했다. 잘못 사용된 전치사가 얼마나 글을 망치는지 인내심을 가지고 지적해주었다.

선생님과 함께 비교적 깨끗한 텍스트를 만들고 나서 나는 작품을 작가인 두 독자에게 보여주었다. 그들은 좀 더 세심하게 수정할 부분을 조언해주었다. 그들과 함께 나는 내가 쓴 글을 실제 이해시킬 수 있도록 문법이 아니라 주제 면에서 분석했다. 그들은 나의 생각들이 자신들에게 어떤 충격을 주었는지 설명해주었다. 그들은 내가 듣고 싶은 가장 중요한 얘기를 해주었다. '계속해'라는 말이었다.

마지막 세 번째 단계는 이 텍스트가 처음 실렸던 잡지 〈인테르나지오날레〉의 편집자들이었다. 그들은 내게 돈으로 살 수 없는 귀중한 기회를 주었다. 새로운 언어로 표현하고픈 내 갈망을 그들은 이해했고, 낯선 내 이탈리아어를 존중해주었다. 내 글쓰기의 실험적이고 다소 파행적인 성격을 받아들였다. 우리는 함께 일하면서 출간 전에 마지막 손질을 했고, 모든 문장과 단어를 점검했다. 그들 덕분에 나는 이 창조적인 언어적 도약을 할 수 있었다. 새로운 이탈리아 독자에게 다가갈 수 있었고, 결국 나 자신의 새로운 영역에 도달할 수 있었다.

이 작은 책은 언제나 나보다 크다

첫 칼럼이 나오는 날, 난 아주 수줍은 성격인데도 광장 한가운데 나가 그 소식을 알리고 싶을 만큼 흥분했다. 20년 전 내 첫 소설이 출간되었을 때도 그런 감정을 느꼈었다. 그때는 그런 기쁨을 평생 다시 느끼지 못할 거라 생각했었다.

내 이탈리아어 칼럼의 첫 독자들은 비판적인 거울이 돼주었다. 앞에서 말했듯, 나는 내가 이탈리아어로 쓴 것을 명확하게 볼 수 없다. 공사 가설물이 허물거나 새로 지을 로마의 많은 건물들을 지지해주듯 이 독자들이 날 지지해주었다.

여러 사람들의 도움을 받아 이 계획을 실행했지만, 이탈리아어로 글을 쓰는 건 영어에 비해 더 외로운 작업이었다. 지금 나는 언어적으로 밀접했던 영어권 작가들에게 이질감을 느끼고, 이탈리아 작가들과도 다르다는 걸 안다. 여러 이유로 외국어로 작업을 시도했던 다른 작가들을 생각해봐도 난 그 무리의 정회원이라 느껴지지 않는다. 베케트는 프랑스어로 글을 쓰기 전 몇십 년간 프랑스에 살았고, 블라디미르 나보코프는 어렸을 때부터 영어를 배웠으며, 조지프 콘래드는 폴란드어가 아닌 영어권 작가가 되기 전 영어를 흡수하며 바닷가에서 세월을 보냈다. 이탈리아에 불과 일 년 살고 나서 감히 이탈리아어로 글을 쓰겠다고 나선 나는 그런 통상적인 것을 벗어나 다른 길을 밟았다. 좀더 강력한 고독, 다른 차원의 고독을 시도했다. 나와 같은 사람이 또 있을지 궁금하다.

공사장 비계가 아름답다고 생각되진 않는다. 보통 비계는 보기 흉한 치부다. 비계는 건물에 붙어 건물을 흉물스럽게 한다. 거기에 아름다움이 있을 리 없다. 비계 아래를 지나가느니 길을 가로질러 가는 편을 택한다. 비계가 무너져 내리지 않을까도 늘 걱정스럽다.

하지만 옥타비아의 주랑은 예외라고 생각한다. 난 옥타비아의 주랑에 비계가 없던 모습을 본 적이 없다. 그래서 이젠 비계가 원래 있는 자연스러운 것으로 생각된다. 방해가 됨에도 불구하고 비계는 폐허에 감동적인 공헌을 해준다. 아우구스투스 시대의 복구된 기둥들과 박공을 보는 건 기적 같은 일인 듯하다. 부서졌지만 아직도 존재하는 이 복잡한 건물 아래를 조용히 걸어갈 수 있다는 게 놀랍다. 이것은 시간의 흐름과 복구 과정을 이야기해준다.

내 이탈리아어 글이 출간되었을 때 가설물은 사라졌다.

이 작은 책은 언제나 나보다 크다

이탈리아어가 내 언어가 아니라는 사실을 드러내는 단어와 선택을 보여줄 뿐 날 지탱해주고 보호해주던 것은 보이지 않았다. 허점을 숨겨주었던 것이지만 비계가 없어졌다는 건 착각일 따름이다. 나는 내 비계를 항상 의식하고 있고, 그것이 없다면 나도 무너질지 모른다.

옥타비아의 주랑과 달리 내 이탈리아어 글쓰기는 이제 막 시작됐고 아직은 닳지 않았다. 몇백 년 계속되진 않겠지만 말이다. 하지만 무너질지 모르는 작업을 강화하기 위해서 비계는 필요하다. 난 비계가 흉하지 않다고 본다. 아마 어느 날 비계가 더는 필요 없게 되겠지. 비계를 제거하고 내 생각대로 글을 쓸 수 있다면 좀 더 독립심이 강해질 것이다. 하지만 내 비계, 날 이끌어주고 주변에서 도와준 사랑하는 친구들, 내 인생의 가장 놀라운 경험 하나를 함께 했던 친구들이 많이 그리울 것이다.

어스름

    꿈자리가 뒤숭숭해 그는 아내 옆에서 어수선한 마음으로 잠을 깼다.

    꿈속에서도 그는 아내 옆에 있었다. 여전히 어수선하고 불안했다. 길가로 나무와 관목이 쪼르르 서 있는 시골길을 그들은 운전하고 있었다. 침침했다. 새벽 같기도 했고 해 질 녘 같기도 했다. 하늘은 창백했지만 분홍빛이 서려 있었다.

    풍경은 오래된 유화를 연상시켰다. 인적이 보이지 않는 어두컴컴한 시골 풍경. 잎이 무성한 나뭇가지들이 하늘을 가리는 거대한 구름 같았고, 나무들은 길 한쪽에 길쭉한 그림자를 던지며 그들을 따라왔다.

이 작은 책은 언제나 나보다 크다

아내가 운전대를 잡고 있었다. 아내가 운전하는 동안 그는 불안에 휩싸였다. 차는 잘 달렸지만 차체가 없었기 때문이다. 핸들, 페달, 기어를 빼고 그들과 길 사이에 아무것도 없었다.

아내는 그 길을 잘 알고 있으며 위험할 게 하나도 없는 듯 운전했지만 그는 차체가 없고 길바닥과 아주 가까워서 몹시 당황했다.

아내에게 멈추라고 소리쳤다. 하지만 꿈속에서 그렇듯 목소리가 나오질 않았다. 그들은 길쭉한 나무 그림자를 따라 말도 없이, 아무 문제 없이 계속 앞으로 달렸다. 길에 장애물은 없었다. 그는 은근히 사고가 나길 기대했지만 그런 일은 없었다. 꿈에서 가장 불안한 대목은 바로 그것이었던 것 같다.

한밤중이라 아내는 자고 있었다. 하지만 외국에서 두 달을 보내고 이제 막 돌아온 그에겐 아침 시간이었다. 그는 일어나 하루를 시작하고픈 충동을 느꼈다. 이제 다른 나라의 일상 리듬에 익숙했다. 그가 떠나온 그곳에선 하늘이 파랄 시간이었다.

그는 잠을 이룰 수 없었다. 뒤숭숭한 꿈자리 때문에 심란했다. 혹시 뭐가 빠지거나 없어진 건 아닐까 불안했다. 침대 아래 바닥이 아직 있는지, 방에 네 벽은 있는지 살펴보고 싶었다.

아내는 꿈에서처럼 왼쪽에 누워 있었다. 보름달 빛에 드러난 아내의 맨 팔과 몸매를 보았다.

몇 시간 전에 끝난 저녁 식탁에는 음식이 한상 가득 차려져 있었다. 아내는 그의 귀국을 축하하기 위해 성대한 만찬을 준비했다. 하지만 그는 식욕이 없었고, 테이블 주변의 떠들썩한 유쾌한 소음이 귀찮기만 했다. 장거리 여행을 마친 뒤라 어서 빨리 잠자리에 들고만 싶었다.

그래도 그는 테이블에 앉아 친한 친구들인 손님들에게 외국에서의 경험담을 들려주었다. 그가 있었던 나라, 세 얻었던 집, 도시의 모습을 설명했다. 사람들과 그들 성격에 대해서도 이야기했다. 그가 했던 일도. 손님 한 명의 호기심을 만족시키느라 몇 마디 외국어를 지껄이기도 했다. 순간 그는 자신의 집에서 외국인이 된 것 같았다.

그는 부엌으로 들어갔다. 달빛이 밝아 불을 켤 필요가 없었다. 저녁 만찬의 흔적이 보였다. 더러워진 접시와 잔들, 기름기 도는 냄비와 프라이팬, 아내가 맛있는 요리를 나르던 커다란 세라믹 쟁반. 전날 저녁 그들은 부엌을 정리하지 않고 그대로 둔 채 잠자리에 들었다. 그는 피곤했고 아내는 술을 좀 많이 마셨기 때문이었다.

냄비를 닦고 접시에 들어붙은 남은 음식을 버리고, 그릇을 씻었다. 식기세척기 한가득 그릇을 채워 넣고 전원을 켰다. 주방을 깔끔하게 정리하고 파티의 흔적을 모두 지웠다.

깨끗한 주방에서 커피를 준비하고 빵을 찾았다. 빵을 한 조각 먹고 싶었다. 외국에 있을 때는 토스트기가 없어 구운 빵을 곁들인 아침을 먹지 못했다. 식빵을 찾아내 토스트기에 한 조각 넣었다. 그런데 식빵이 들어가지 않았다. 틈 사이에 뭔가 끼어 있었다. 그 안에 말라 딱딱해진 식빵 한 조각이 들어 있었다.

손대지 않은 채 잊힌 이 식빵은 누가 먹으려던 거였을까? 아내가 식빵을 그대로 놔두진 않았을 거다. 아내는 토스트 식빵을 먹지 않았다. 싫다고 했다. 슬금슬금 의심이 들었다. 꿈속에서보다 더 소름 돋는 공포를 느꼈다. 아내에게 애인이 있었던 걸까, 토스트기에 남아 있는 식빵 조각은 그 남자가 먹으려 했던 걸까, 생각해봤다.

아내와 외간 남자가 전날 함께 아침을 먹는 상상을 했

다. 그가 귀국하기 전 유쾌한 마지막 아침 식사였을 거다. 잠옷을 입고 머리를 풀어 헤친 밝은 표정의 아내가 보였다. 애인을 위해 구운 빵에 잼을 발라주고 있다. 그러다가 장면이 흩어지고 의심이 사라졌다. 변한 게 없다는 걸 알았다. 그 빵조각은 자신이 먹으려던 거였다. 20년 이상 알아온 아내와 집처럼 그의 것이었다. 두 달 전 아침 식빵을 구워놓고 깜박 잊은 채 출발했던 것이다. 그는 건망증 때문에 종종 그런 일이 있었다.

커피를 따르고, 새로 구운 빵에 버터와 잼을 발랐다. 쥐 죽은 듯 조용히 한밤중에 아침 식사를 했다. 거리를 빠르게 지나가는 자동차 소리가 몇 초간 멀게 느껴졌다.

부끄러워 아내에게 꿈 얘기를 하고 싶지 않았다. 어둑어둑한 길의 느낌, 차체가 없는 자동차, 한쪽에 늘어서 있던 나무 그림자. 너무나 생생했고 또렷했다.

그는 아내 옆 잠자리로 돌아갔다. 아내는 눈치채지 못했지만 그는 아내를 품에 안았다. 그러자 오래전 아내와 함께 했던 여행이 생각났다. 신혼여행이었다. 그들은 외국에서 한 달 동안 도로 여행을 했다. 매일 거의 온종일 함께 차를 몰고 그 나라의 시골을 여행했다. 끝없이 이어졌던 도로,

속도가 주는 쾌감이 아직도 기억에 선연했다. 가진 것이 없어도 기대에 차 있었던 젊은 시절 도로 여행은 전혀 힘들지 않았다.

이제 간밤에 꾼 꿈의 의미를 깊이 생각해봤다. 같은 사람 옆에서 평생을 보냈다는 놀라움. 한쪽에 계속 그림자, 문제가 있어도 멈추지 않고 장애물 없이 살았다. 그는 지금 그들의 첫 여행, 그들의 시작이 어슴푸레 떠오를 뿐이다. 그는 꿈이 말해준 진실을 명확하게 읽었다. 그때는 어떤 꿈이든 아내와 함께 그 꿈을 나누었다는 사실을.

감사의 말

모든 책이 끝마칠 때까지 이룰 수 없는 목표인 듯해 보이지만, 이 책은 특히 더 그랬다. 많은 이들의 도움과 관심이 없었다면 이 책은 나오지 못했을 것이다. 사라 안토넬리, 루이지 브리오스키, 라파엘라 데 안젤리스, 안젤로 데제나로, 조반니 데 마우로, 미켈라 갈리오, 프란체스카 마르치아노, 알베르토 노타르바르톨로, 피에르프란체스코 로마노가 그들이다.

특히 〈인테르나지오날레〉에 연재할 때 삽화를 그려준 가브리엘라 잔델리와 사진으로 단편 「어스름」에 영감을 주었던 마르코 델로구, 그리고 영혼의 장소인 로마에 위치한 미국연구소에 감사를 드린다.

옮긴이의 말

또 다른 말로,
나라는 존재의 바다를 건너는 아름다운 방식

처음 이 책의 번역을 의뢰받았을 때, 퓰리처상까지 받은 유명 미국 작가가 영어가 아닌 이탈리아어로 글을 썼다는 얘기를 듣고 다소 의아하기도 했다. 작가가 영어만큼이나 이탈리아어를 잘 구사할 것이라 생각했다. 막상 작가의 글을 접하고 보니 지금까지 봐왔던 세련된 글과는 달리 문체가 아주 소박하고 단순했다. 게다가 내용은 이탈리아어를 배우고 이탈리아어 작가로서 거듭나는 과정을 다룬 조금은 특별한 것이었다. 그러나 첫 대면의 당혹감과 우려는 번역해 나가면서 점차 기대와 기쁨으로 바뀌었고, 줌파 라히리가 독자로부터 큰 사랑을 받고 있는 이유를 다시금 이해하게 됐다. 특유의 문체 뒤에 작가의 섬세한 관찰력과 삶에 대한 이해와 관조가 깊이 녹아 있었다.

　작가는 이 책에서 이탈리아어에 대한 뜨거운 열정과 배움의 치열한 과정을 자신의 삶과 연결해 진솔하게 드러낸다. 피렌체로 처음 이탈리아 여행을 갔을 때 이탈리아어가 왠지 친숙했으며, 마치 번개에 맞은 것처럼, 이탈리아어를 배우지 않으면 자신을 채우고 완성시킬 수 없을 것 같다는 느낌을 받았다고 했다. 라히리는 미국에서 이탈리아어를 배우게 됐고 언어에 대한 갈증이 풀리지 않아 가족과 함께 로마로 이주해 살면서 본격적으로 이탈리아어를 익히고 글쓰기까지 도전한다. 라히리는 왜 자신의 생각과 감정을 자유자재로 표현할 수 있으며, 또 작가로서의 명성까지 안겨다준 영어를 접어두고 의사 표현이 불편하고 자유롭지 않은 이탈리아어로 작품을 쓰고 싶었던 걸까? 이에 대해 라히리는 "이렇게 부서지기 쉬운 피난처에서 노숙자나 다름없이 살기 위해 훌륭한 저택을 포기한다는 것이 무엇을 의미할까?"라고 스스로에게 반문하고, 그 이유는 바로 창작이라는 관점에서 봤을 때 안정감만큼 위험한 것은 없기 때문이라고 대답한다. 영어가 자유롭고 익숙했기에 그 안정감이 언어에 대한 감정을 무디게 하고 타성에 젖게 했을

지 모른다. 해묵은 지식과 능숙함이 억압이 되고, 장비를 잘 갖추고 쉽게 산에 오르는 것처럼 별다른 감흥을 주지 못했다. 라히리가 글을 쓰는 이유는 존재의 신비를 탐구하고 자신을 견뎌내기 위해서, 자신 밖에 있는 모든 것에 가까이 다가가기 위해서였다. 라히리에게 글쓰기는 세상을 해석하고 삶을 정리하는 방법이었다. 그런데 그 글쓰기의 수단인 영어가 무뎌진 칼날처럼 돼버렸기에 내면의 빈 공간을 채워주고 자아를 실현해줄 새로운 표현 수단이 필요했다. 그 가능성을 이탈리아어에서 보았다. 언어를 탐색해 발견해내면서 자신을 탐색하고, 내면의 빈 공간과 삶의 불완전함을 채우려는 시도에서 창조적 충동이 나온다고 생각했다.

라히리는 나 자신을 찾기 위해 영어를 접어두고 이탈리아어를 선택한 것을 다프네의 변신에 비유한다. 변신은 격렬한 재생 과정, 죽음이요 탄생이다. 다프네가 아폴로에게서 도망쳤듯이, 라히리는 이탈리아어로 글을 쓰면서 영어에 대한 패배감이나 성공에서 도망치는 거라고 말한다. 미국으로 이주한 인도 가정에서 태어난 라히리에게 평생 영어란 피곤한 싸움, 고통스러운 충돌, 패배감과 불안의 그림자이자 동시에 영광을 안겨준 존재기도 했다. 그런데 이탈리아어로 글을 쓰면서는 이전에 단단히 지니고 있던 작가로서의 장비를 떼어낼 수 있기에 다시 자신을 만들어갈 수 있었다. 애벌레가 나비로 변하듯, 변신은 자연스러운 생물학적 이행이며 완전한 성장으로 이끄는 특별한 단계다. 낡은 형태를 벗어버리고 새로운 아름다움과 능력을 갖게 된다. 라히리는 작가로서 새로운 도약의 단계, 새로운 언어로 자신을 표현할 수 있는 변신이 필요했다.

줌파 라히리의 이 산문집에서는 인간의 삶에 대한 섬세한 관찰력과 이해가 보이고, 그것이 알기 쉬운 은유로 표현되었다. 작가는 이탈리아어를 배우고자 한 결심과 노력을 호수 건너기, 바다 건너기로 비유한다. 호수 언저리를 벗어나 건너편으로 헤엄쳐가는 용기와 팔 휘젓기는 우리네 삶에서 맞닥뜨린 새로운 시도와 노력을 의미한다. 라히리는 '시도하다'라는 말은 '노력하다'와 같다고 보았다. 일단 시도했으면 끝까지 최선을 다해 노력해야 한다는 것이다. 또 하나의 흥미로운 은유는 '공사 비계'다. 비계는 공사할 때 설치하는 가설물이다. 작가는 자신과 자신의 글을 지탱하고 보호해주던 것들을 비계로 표현했다. 보통 비계는 건물에 붙어 있는 흉물스러운 것이지만, 옥타비아 주랑의 비계처럼 아름다움을 복구하는 데 감동적으로 공헌하기도 한다. 무너질지 모르는 작업을 강화하기 위해 비계가 필요하듯, 주변 많은 이들의 도움은 라히리가 이탈리아어 작가로서 거듭나는 데 큰 도움이 됐다. 비계를 제거하고 자신의 생각대로 글을 쓸 날을 기대하면서도 그녀를 이끌어주고 도와준 친구들이 많이 그리울 거라는 말에서 더불어 살아가고 함께 만들어가는 세상에 대한 작가의 따뜻한 시선이 보인다.

이탈리아어에 대한 줌파 라히리의 열정과 배움의 노력 그리고 삶의 자세를 보면서 오랫동안 이탈리아어를 공부해온 나는 많은 부끄러움을 느꼈다. 이탈리아어를 나의 것으로 만들기 위해 이만한 노력을 기울인 적이 있었던가, 하물며 이탈리아어를 번역할 때 단어 하나하나의 의미와 차이를 생생하게 느끼고 생동하는 말로 전하기 위해 이토록 치열하게 고민한 적이 있었던가, 반성하는 시간이 됐다. 또한 타성에 젖어 새로운 도전과 시도를 겁내던 내게 이 책은 나라는 존재의 바다를 끊임없이 탐색하고 건너가라는 격려와 용기의 메시지도 함께 주었다. 시도하고 노력하

는 것이야말로 삶이 우리에게 준 아름다운 능력이라는 사
실과 함께.

2015년 가을을 맞으며

이승수

줌파 라히리를 향한 찬사

비범하다. 책을 읽고 있다는 것을 잊어버릴 만큼 명료하고 투명한 산문.

뉴스위크

뛰어나다. 라히리는 지문을 전혀 남기지 않고 등장인물을 다룬다.

뉴욕타임스 북리뷰

라히리는 존 업다이크, 필립 로스, 조너선 프랜즌과 같은 유파의 미국 사실주의 작가다. 그녀는 미국의 신화로 이루어진 포착하기 어렵고 곤혹스러운 징후들을 권위 있게 화폭에 담아낸다.

로스앤젤레스 리뷰오브북스

라히리의 작품은 우리에게 어떻게 살 것인지 가르쳐준다.

더프로비던스피닉스

우아하고 한결같다. 참으로 정치하다. 라히리의 문장은 무자비할 정도로 명료하다. 그녀는 위대한 미국 작가로 확고하게 자리 잡았다.

시카고트리뷴

정확한 문장, 정제된 공간적 배경, 선명하게 떠오르는 인물, 침착한 어조. 라히리의 자질은 모든 독자의 마음을 위무한다.

더시드니모닝헤럴드

늘 그렇듯이 라히리의 글은 함께 엮이면 어느 면에서는 강철보다도 더 강한 거미줄처럼 섬세하면서도 강렬한 힘을 지녔다.

워싱턴포스트 북월드

라히리의 작품을 읽고 있으면 최면에 걸린 기분이다. 실제보다 색이 선명하고 냄새는 더 진하고 시간은 더 느리게 흐르는 꿈을 꾸는 듯하다.

피플

라히리는 빛나는 문장으로 잊을 수 없는 이야기를 빚어내는 작가다. 한마디로 굉장하다.

필라델피아인콰이어러

섬세하고 단순, 명료하다. 라히리의 소설은 소외와 갱생, 미국 내 인도계 이민 사회의 혼재된 문화의 깊은 부분을 잘 그려낸다.

보스턴

경이롭다. 라히리의 붓끝은 섬세하지만 확신에 차 있어서 군더더기 주석이나 억지스러운 깨달음의 여지를 남기지 않는다.

로스앤젤레스타임스 북리뷰

비범한 감수성과 절제력을 갖춘 작가다.

월스트리트저널